人生值得

梁实秋 著

中国出版集团 现代出版社

Contents 目录

不管怎样

莎士比亚的墓志

亲切的风格

荷花池畔

秋　月

月光洒在我床上
——只是这么半床；
我把身躯移过去，
洗个清凉的冷水浴。

月光射在我身上，
照得我的胸腔
像水晶一般的彻亮。
啊！嫦娥！
看取这座水晶宫里
我的美人的模样！

月光浸着我的身躯，
使我寒得战栗；

月儿啊！
假使我忘了你是秋月啊！
我的身躯要像脂般溶去。

谁在我被上罩上了一层光织的纱？
拂又拂不去。
待我要拥着她眠的时候啊，
早偷下了床，平铺着在地，
掬又掬不起。
我要幻作一片孤云啊，
浮上了天海，追踪她去，
秋风啊，秋风，
劳你送我一程！
假使经过那鹊桥啊，
我也打听些牛郎织女的消息。

我终于不能去啊，
秋月，你也终于不久留。
但是你这一派霜也似的清光，
领导我的梦魂到他的家乡！

一九二二年九月十一日夜

（原载一九二二年九月二十三日《清华周刊》二五一期）

重聚之瓣（节选）

五

水上的皱纹撩乱了水里的月影，
但是风定波平，水里月儿更加几倍明亮，
使诗人心境如洗过的镜子似的。

八

生与死交界的地方，
想必有一架界标，上面写着：
“行人车马，靠左边行！”
如此免掉许多无谓的唇舌，
——痛苦与快乐。

十九

花向蜘蛛说：
“谢谢你——你保护我！
但是你不该把你的朋友，
放在你的网里！”

二十

记忆的泉，
涌出痛苦的水，
结成热泪的晶。

二十二

东风呵！我求你：
吹灭了我手里的灯儿，
别教我感到灯光外的黑暗。

二十四

雪霁天晴，
积雪添了几分的白，
太阳说：
“我的朋友！
不要退缩；
我所望的，
只是这个。”
然而雪终于消了；
太阳也终于悔了。

二十七

荷花谢了，
瓣瓣落在水面；
荷花散了，
阵阵聚在心头。

三十

嗅着花香，
不见花处，
嗡嗡的蜜蜂
才向东风呼负！

三十七

我的心呵！
我恨你不似柳絮，
在无限中飘摇荡漾；
我恨你却似柳絮，
渴望有限中的着落！

四十

薄薄的云翳，
是她的衣裳；
阵阵的风香，
是她的呼吸；

她的唾液，
是天空嵌着的繁星；
她的一瞬，
普照一夜的大地。

五十三

吾爱！
莫看轻我的文字呵！
都是些殷红的血点呢！
再待一顷，
怕要变惨白的泪花。

七十五

春到人间，
人先被春风醉倒，
睡眼模糊，仿佛看了：
凝翠的青山，
淡黄的嫩草。

一九二二年三月十六日抄

（原载一九二二年四月四日《清华周刊》双四节特刊）

荷花池畔

宇宙的一切，裹在昏茫茫的夜幕里，
在黑暗的深邃里氤氲着他的秘密。
人间落伍的我啊，乘大众睡眠的时候，
独在荷花池腋下的一座亭里，运思游意。

对岸伞形的孤松——被人间逼迫
到艺术家的山水画里去的孤松——耸入天际；
虽在黑暗里失了他的轮廓，
但也尽够树丛顶线的参差错落。

我的心檀香似的焚着，越焚越炽了；
我从了理智的指导，覆上了一层木屑，
心火烧得要爆了，也没有一个人知道，
只腾冒着浓馥的烟，在空中袅袅。

不过是一株树罢了，可是立在地上，
便伸臂张手地忘形地发育了；
不过是一条小溪啊，他自由地奔放，
尽兴地在峡谷里舞跃、垣途上飞跑；

为什么我的心啊！终久这样的郁着，
不能像火球似的轰轰烈烈地燃烧，
却只冒着浓馥的烟在空中旋绕？
为什么又有点烬火，温着我的心窝？

我的心情的翅，生满了丰美的翎毛，
看着明媚的浮光啊，我心怎能不动摇？
我要是振翅飞进昊天的穹隆里去呢，
我怎知道，天上可有树，树上可有我的巢？

她本是无意地触着我的心扉，
像疾驰的飞燕，尾端拂着清冷的水面；
但只这一点的刺激，引起了水面上的波圈
不停地荡漾，直漾到了无涯的彼岸。

久郁着的心情都是些深藏的蓓蕾，
要在春里绽放他们的拘扼的肢体；

但是薄情的春啊！瞟了一眼就去了！
撇下彷徨的心灵，流落在悲哀的雾里。

被她敲开了的心扉，闸不住高潮的春水，
水上泛着些幻想的舟儿，欲归也无归处；
舟子匍匐祷祝着海上的明珠啊：
在情流里给他照出一条亨通的航路。

她说她是无意，误来拂拭了我的心扉，
像天真的小孩践踏了才萌的春草，
但是为什么引动我的悲哀的琴弦，
直到而今啊，奏出那恼人伤魄的音调？

荷花池水依旧地汪着，澄清澈底，
红甲纱裙的金鱼几番地群来游戏；
今朝啊，却似昏沉沉的幽涧深坑，
隐着无数泣珠的鲛人，放声地哀恸！

紫丁香花初次感着可怕的寂寞，
也怨恨自己的身躯，牢牢在枝上绊着，
摧残一切的风啊！请先把我的身躯吹散，
好片片地飞呀，追随那蝴蝶儿做伴！

我的心情就这样疯狂地驰骤，
理智的缰失了他的统驭的力；
我不知道是要驶进云幔霞宫，
还是要坠到人寰的尘埃万丈里去。

（原载一九二二年十一月二十四日《清华周刊·文艺增刊》一期）

画梅小记

余北人，从没有见过梅树，所谓“暗香疏影”“边边篱落”，全是些想象中的境界。过年前后，亲朋馈赠，尝有四盆红梅，或是蜡梅之类，移植在瓷盆里面，放在客厅里作为陈设，看它瘦曲似铁，又如鹭立空汀，冻萼数点，散缀其间，颇饶风趣。但是花谢之后便无可观，自己不善调护，弃置一年之后，即使幸而不死，也甚少生机，偶尔于近根处抽出一两枝气条，生出三五朵细僵的花苞，反觉败兴。所以对于梅花并无多少好感。

后来我读了龚定庵的《病梅馆记》，乃大为感动。这篇古文使我了解什么叫作“自然之美”，什么叫作“自由”。我后来之所以对于“自由”发生强烈的爱慕，对于束缚“自由”的力量怀着甚深的憎恨，大半是受了此文之赐。但是附带着我对于梅花颇感兴趣了。盆梅不足以餍我之望，病梅更是令人难过，我憧憬着的乃是庚岭、邓尉。我想看看“江边一树垂垂发”是什么样子。

我遨游江南巴楚之后，有机会看见了梅兄的本色，有带苔藓的丑干老枝，有繁花如簇的香雪海，有的红如口脂，有的白若敷粉，有的是瘦骨嶙峋地斜欹着，有的是杈丫盘空如晴雪塞门，形形色色，各极其妍。但其最足令人妙赏处，乃在一“冷”字。凌厉风霜，不与百花争艳，自有一种孤高幽独的气息。

我不善画，但如《芥子图》之类童时亦曾披阅，“攒三”“聚四”之类亦曾依样葫芦。羁旅无聊，寒窗呵冻，辄为梅兄写真。水墨勾勒，不假丹青，只图抒写胸中逸气，根本谈不到工拙，金冬心《画梅题记》有云：

> 四月浴佛日清斋毕，在无忧林中画此遣兴，胜与猫儿狗子盘桓也。

“心出家庵僧”，实在朴直得可爱。我每次乘兴画梅，亦正做如此想耳。有一回，我效陆凯范晔故事，画了一枝梅，题上“江南无所有，聊赠一枝春”之句寄赠友好，复信云：“如此梅花，吾家之犬，亦优为之！”是终不免与猫儿狗子为伍，为之大笑。

一张素纸，由我笔墨驰骋，我想到了“自由”，怎样把枝子画得扶疏掩映，怎样把疏密浓淡画得错落有致，怎样把花朵勾得向背得宜，当然是大费周章，但是在这过程中我意识到了“创造”的酸辛。有人说，画梅花要把那一股芬芳都画出来才算是尽了画梅的能事，这种说法可就不免玄虚了。华山一泉《画墨梅》题云：

> 一枝常占百花先，信手挥来淡更妍。

独有清香描不到，几回探在玉堂前。

要想描出梅花的清香，我觉得实在太难了。我只求能写出梅花的孤高，不要臃肿，不要俗艳，就算是不唐突梅花了。

时在严冬，大风凛冽，遥想江南梅树，不知着花也未?

虹

英国诗人华兹华斯于一八〇二年作了一首小诗，仅仅九行，但是很概括地表明了他对自然的看法，大意是这样的：

我的心跳了起来，当我看见
天上有彩虹一条；
我生命开始有此经验，
如今长大成人仍是这般；
但愿还是这样，当我到了老年，
否则不如死掉！
孩子是成年人的父亲；
我愿我以后一天天的时间，
借崇拜自然而得以连接不断。

在自然现象中，虹是很令人惊奇的一项。我在儿时，每逢雨霁，东方天空出现长虹，那一条庞大的弧形，红、橙、黄、绿、蓝、靛、紫，色彩鲜明如带，就不免惊呼雀跃，我的大姐总是警告我说："不要手指，否则烂掉指头。"不知这宗迷信从何而起。古时"虹蜺"二字连用（蜺亦作霓），似乎是指近于龙的一种动物，雄为虹，雌为蜺，色鲜盛者为雄，暗者为雌。《尔雅》是这样说的。宋人刘敬叔《异苑》是一种神怪小说。有这样一条："晋义熙初，晋陵薛愿有虹饮其釜澳，须臾翕响便竭，愿辇酒灌之，随投随涸，便吐金满釜，于是灾弊日祛，而丰富岁臻。"能虹饮的龙好像体形并不太大，而且颇为吉利。《史记·五帝本纪》注："瞽叟姓妫，妻曰握登，见大虹意感，而生舜于姚墟。"虹还能使妇人意感而孕，真是匪夷所思。凡此不经之谈，皆是说明我们古人一直把虹看作有生命的动物，甚至为有神通的精灵。华兹华斯的泛神思想也就不足为异了。

我以前所见的虹都是短短的一截，不是为房脊所遮，便是被树梢所掩，极目而望，瞬即消逝。近来旅游美洲，寄寓于西雅图，其地空旷开朗，气候特佳。一日午后雨霁，凭窗而望，"蝃蝀在东"，心中为之一震，犹之华兹华斯的"心跳了起来"。因为在我眼前的虹，不但色彩鲜，在广阔无垠的天空之中从陆地的一端拱起到另一端，足足的是个一百八十度的半圆弧形，像这样完整而伟大的虹以前从未见过，如今尽收眼底。我童心未泯，不禁大叫起来，惊动家人群出仰视，莫不叹为奇景。

华氏小诗末行公然标出"崇拜自然"四个字，是甚堪玩味的。基督徒崇拜的是上帝，而他崇拜的是自然，他对自然的态度有过几度的转变，幼时是纯感官的感受，长而赋自然以生命，最后则以外界的自然景象与自己的内心融为一体。他对自然的认识，既浪漫又神秘，和陶渊明所谓的“此中有真意，欲辨已忘言”像是有些相近。

沙　发

诗的题材，俯拾即是。而且并没有什么雅俗之分，端视作者的想法与手法是否高雅而已。雅的题目可能写得很俗，俗的亦可能写得很雅。

沙发，一俗物耳，何尝不可入诗?

英国十八世纪末诗人古柏（William Cowper）有一首诗，题名就是“沙发”。他写完《沙发》之后，接连又写了五首，《时钟》《花园》《冬夜》《冬晨散步》《冬午散步》，六首诗于一七八五年合刊为一集，集名为《任务》（*The Task*）。诗人在序言里说：

> 下面诗篇之写作过程简述于后——有一位女士喜爱无韵诗，要作者以此诗体试写一首，并指定题目为“沙发”。他遵命；适闲来无事，乃以另一主题系于其后；随兴之所至信笔写去，起初只想写一琐细小诗，终乃认真从事成为一卷。

事实经过颇为有趣。古柏所谓一位女士是奥斯登夫人，她屡次请他试写无韵诗，有一天他说："如果你给我一个题目，我就写。""啊，你可以写任何题目，"她说，"就写这张沙发好了。"于是他就写了这首诗，其实题目和内容并不相称，作者自己也知道。把约翰·吉尔宾故事讲给他听的也是这位奥斯登夫人，他听了之后一夜未睡，写成了那首著名的《疯汉骑马歌》。古柏的诗集刊行后，有人批评其标题"任务"二字为不当，他曾辩白说（见《书翰集》第一八四）：

> 讲到这标题，我认为是再好不过。一部书包括了这么多的不同的题目，而其中又没有一个是主要的，要想寻一个能概括一切的标题，乃是不可能的。既然如此，引用此诗之所由产生的情况以为标题，似乎是必然的了；我所做的固已超过了所指定的任务，我觉得"任务"一词仍不失为一适当的标题。一座房子总归是一座房子，纵然造房者造出了一座比他预计大出了十倍的房子。我大可以仿星期日报纸的例，称之为《杂俎》（*Olio*），但是那样做实在对我自己不起，因为此集花样虽多，自信尚不杂乱。

这首《沙发》长达七百七十四行，开端是这样的：

> 我歌咏沙发。我最近歌咏过
> "真理""希望"与"慈善"，以惶恐的心情

触过庄严的琴弦，以战栗的手
努力逃离了那探险的翱翔，
如今要休息一下写个平凡的题目；
题材虽然平凡，而情况仍然是
庄严可傲的——因为这是美人之命。

紧接着古柏就叙说沙发之历史的演变。首言古代的祖先，没有服装家具，睡在岩石或沙滩之上，随后创制了粗笨简陋的三脚石板凳，演进而为橡木制大坐凳。终于三只脚变成四只脚，座位上铺了软垫，覆以彩色的织锦。印度传进了藤，藤条编成了椅，椅背挺直，坐上去不舒适，座位又滑，坐上去不安稳，两足悬空，踏不着实地。抱怨最多的是女性，于是有靠背与扶手之双人长椅乃应运而生。一点点地进步而成为今日之沙发。

沙发宜于患关节炎者所享用（现代医学主张患关节炎者不宜坐沙发，而宜于坐高背硬椅），但是诗人说，宁愿牺牲这种享受，不愿患关节炎。诗人说，他一向爱的是散步于乡间青草铺垫的小路，他从小爱的是穿山越岭或是闲游江畔。

那时节没有沙发待我享受，
那时节我不需要沙发。青春
很快地恢复体力，长期劳动
只引发短期疲乏……

从这幼时漫步乡间的回忆，古柏抒发了他对乡间风景的爱慕。“现在我已不复年轻，而年轻时使我着迷的景物依然是可爱的，依然使我着迷。”他一一地描述乡间的风景、声音、花草、农舍、人物……乡间是可爱的，相反地，城市是可憎的。

虽然美好的事物在
纯朴而优雅的土壤里最能滋长，
也许只有在那里才能茂盛，
可是在城市里便不行；那些
狂傲、闹嚣，而唯利是图的城市！
各地的渣滓秽物都流入
这公共的肮脏的阴沟里来。

他把城市形容成为藏垢纳污的地方，富庶导致懒惰与淫逸，放荡与贪婪。但是古柏也不得不承认，城市孕育艺术、科学与哲学，伦敦是最美的城市也是最恶劣的罪恶渊薮。他的最后结论可以用一行警句做代表：

上帝制造了乡村，人制造了城市。
（God made the country，and man made the town.）

拜　伦

三年前在美国《新闻周刊》上看到这样的一条新闻：

且来享受醇酒妇人，尽情欢笑；

明天再喝苏打水，听人讲道。

这是英国诗人拜伦（一七八八——一八二四）的诗句，据说他不仅这样劝别人，他自己也彻底接受了他自己的劝告。他和无数的情人缱绻，包括他自己的异母所生的妹妹在内，许多的丑闻使得这位面貌姣好头发鬈曲的诗人死后不得在西敏寺内获一席之地，几近一百五十年之久。一位教会长老说过，拜伦的“公然放浪行为”和他的“不检的诗篇”使他不具有进入西敏寺的资格。但是“英格兰诗会”以为这位伟大的浪漫作家，由于他的诗和“他对于社会公道与自由之经常的关切”，还是应该享有一座纪念物的，西敏寺也终于改变了初衷，在“诗人角”里安放了一块铜牌来纪念拜伦。那“诗人角”是早已装满了纪念诗人们的碑牌之类，包括诸大诗人如莎士比亚、弥尔顿、骚塞、雪莱、济慈，甚至于还有一位外国诗人名为朗费罗的在内。

我当时看了这一段新闻，感慨万千，顺手译了出来，附上一篇按语，题为“文艺与道德”，以应某一刊物索稿之命。刊登出来之后发现译文中少了“包括他自己的异母所生的妹妹在内”一语。拜伦的种种丑行已见宥于西敏寺的长老，我们中国的缙绅大夫似乎还以为那些乱伦的事是不可以形诸文字的！

乱伦的事无须多加渲染，甚至基于隐恶扬善之旨对于人的隐私更不要无故揭发。但是拜伦之事早已喧腾众口，近来我尚看到一本专书考证拜伦这一段畸恋的前因后果，书名为“拜伦的女儿”，旁征博引，不厌其详，可是我终觉得是浪费笔墨。说来说去，不过是叙说拜伦于漫游欧陆归来之后，和他的异母所生的妹妹奥格斯塔如何的交往日密，以至于私生了一个女儿。当时奥格斯塔已嫁，嫁给了一位上校，名乔治·李，但是婚姻不幸，时起勃谿。拜伦因同情而怜惜而恋爱，在拜伦心目中奥格斯塔是最美丽、最纯洁的女子，可是他并不是不知道乱伦是一件严重的罪愆。他有一首诗，题为“为谱乐的诗章”（*Stanzas for Music*），是写给奥格斯塔的，有这样的句子：

没有一个美貌的女人
有像你这样的魅力；
我听到你说话的声音

与水上的音乐无异。

There be none of beauty's daughters

with a magic like thee;

And like music on the waters

Is thy voice to me.

女性说话的声音往往最能打动男人的心。看这几行诗可以知道拜伦对他妹妹如何倾倒。但是下面几行诗充分显示这一段畸恋如何使他忐忑不安：

你的名字我不说出口，我不思索，

那声音中有悲哀，说起来有罪过：

但是我颊上流着的热泪默默地

表示了我内心深处的情意。

为热情嫌太促，为宁静嫌太久，

那一段时光——其苦其乐能否小休？

我们忏悔，弃绝，要把锁链打破——

我们要分离，要飞走——再度结合！

I speak not，I trace not，I breathe not thy name，

There is grief in the sound，there is guilt in the fame：

But the tear which now burns on my cheek may impart

The deep thoughts that dwell in that silence of heart.

Too brief for our passion, too long for our peace,

Were those hours—can their joy or their bitterness cease?

We repent, we abjure, we will break from our chain, —

We will part, we will fly to—unite again!

他感到悲苦，他意识到罪过，但是他于决定分手之际仍企望着再度的结合。拜伦与奥格斯塔生下了一个女儿，一直在拜伦夫人的照顾下，夫人是以严峻著名的女人，对奥格斯塔所生的孩子当然没有感情，但是对于这可怜的孩子却也给了多年的相当的抚养，不过二人之间的感情极不融洽，孩子认为没有得到她所应得的一份遗产，夫人觉得她忘恩负义。这可怜的孩子身世坎坷，一再被人欺凌失身，颠连困苦，终于流浪到了法国，最后和一个年纪相当大的法国农夫结婚，不久又成了孀居。关于这个孩子的苦难，无须详加叙述，令人不能溢于言者就是拜伦当初未能克制自己，铸此大错，始乱终弃，并且殃及后人！

拜伦的很多行为不能见谅于社会，所以他终于去父母之邦，漫游欧陆，身死他乡。“不是我不够好，不配居住在这个国家，便是这个国家不够好，不配留我住下来。”历来文人多为拜伦辩护，例如，在最重视道德的维多利亚时代，麦考莱有一篇文章评论穆尔（Moore）所作的《拜伦爵士传》，便有这样的话：

我们知道滑稽可笑的事莫过于英国社会之周期性爆发的道德狂。一般讲来，私奔、离婚、家庭纠纷，大家不大注意。

我们读了轰动的新闻，谈论一天，也就淡忘了。但是六七年之中，我们的道德观念要大为激动一次。我们不能容忍宗教与礼法被人违犯。我们必须严守反抗罪恶的立场。我们必须训告一般浪子英国的人民欣赏家庭关系的重要性。于是有一些运气坏的人，其行为并不比数以千百计的犯有错误而受宽容的人更为堕落，但被挑选出来成为示众的牺牲。如果他有儿女，便被强夺了去。如果他有职业，便被迫失业。他受较高阶层人士的打击，受较低阶层人士的奚落。事实上他成了一个代人受罚的人，借他所受的苦痛收惩一儆百之效。我们严责于人，沾沾自喜，扬扬得意地以英国高水准的道德与巴黎的放荡生活相比较。我们的愤怒终于消歇。受我们迫害的人身败名裂，伤心欲绝。我们的道德一声不响地再睡七年。

好像拜伦就是这样狼狈地被迫离开了他的祖国！事隔一百五十年，我们现在应该心平气和地做一更公正的论断。有一件小事值得提及，他走的时候并不狼狈，他定制了一辆马车，是按照拿破仑御用马车的形式复制的，极富丽堂皇之能事，他驱车渡海，驰骋于低地国家，凭吊著名的战场！拜伦对于拿破仑特有好感，室内摆着他的雕像，处处为他辩护，虽然对于他的残酷不是没有微言。“他的性格与事业无法不令人倾倒。”有人问拜伦当年的风云人物有哪几个人，他回答说有三个，一个是花花公子Beau Brummell，一个是拿破仑，一个是他自己！这倒也并非完全是吹嘘，十九世纪的前四分之一，拜伦在英国以及欧陆的名气确是震烁一时的。

作为一个诗人，拜伦的隆誉现在显然地在低落。文人名世，主要的是靠他的作品的质地。拜伦的诗好像是多少为他自己的盛名所掩。不过，在西敏寺给他立一块铜牌，他还是当之无愧的。

后 记

奥格斯塔是拜伦的异母所生的姐姐，不是妹妹。我所以有此误，不是由于写作匆忙，也不是由于记忆错误，纯粹的是由于无知。英文 sister 一词，可姐可妹，我就随便地写成妹妹了。承读者黄天白先生为文指正，我非常感谢。

奥杜邦

奥杜邦（John James Audubon）是一个爱鸟的人，我看他画的各种各样的鸟栩栩如生，想其人必定慈祥和善，没想到他是最喜欢猎鸟的人！一九七三年二月二十五日《纽约时报》(第十一部分）有 *Roy Bongartz* 一文，其中有这样一段：

> 洛泊·库施曼·墨斐是美国历史博物馆前任鸟部主持人，他说："奥杜邦用他的画笔绘鸟，可以激起任何人的柔情，但是其人却有原始的打猎的本能。至少在年轻时候，他好猎杀，乐此不疲……在佛罗里达州一日射杀若在一百只以下便是所获不丰。他甚至在船甲板上也要射鸟，明知射下来无法拾取。在路易斯安那州，他发现了一个新的品种，翅端硬翎的燕子，并不是由于先观察到它有研究的价值，而是由于随便想到不知一枪能打下几只，他信手一试，打下了一大堆以前不曾见过的小鸟。"

这是不可思议之事！爱鸟的人而以杀鸟为乐！

有一天，我们寓所的窗井里扑哧扑哧地响，原来是只红襟鸟掉在里面了，不知为什么竟飞不出来。我的两个外孙爱莫能助，急得团团转。隔着玻璃窗可以看见它腹部淌着血，显然是受了伤。这时候天气很冷，暮霭渐深，若不急救，势将冻死。忽然想起了“仁爱会”（Humane Society），那是一个惠及禽兽的民间组织，打电话过去请求援手。接电话的人说她是专管猫狗一组的，鸟类救助另有专家，承她指点，我们另打电话给一位“鸟夫人”（bird lady），可惜是日为星期日，未能找到她。情急之下，我们打开窗子让它先飞进室内，它歪歪斜斜地在室内乱飞，我们终于抓到了它。这种野鸟是不能在室内豢养的，于是把它送到草地上让它喘息，它终于一瘸一拐地连跑带飞地越过了篱笆飞到一棵短树上面。我们望着它很久很久，两个小孩子撇下了晚饭不吃，为了照顾这只受伤的鸟。

外国的孩子在学校里就受到一种教育，要爱护小动物。所以，公园里常常到处有松鼠、鹁鸽、兔子、鸭子，没有人伤害它们，好像是一切有生之物都能和平相处，古远的淳朴的世界，依稀尚可窥见一斑的样子。至于狗猫所受的宠爱，那就更不必说。不过另有一矛盾的现象：打猎好像也是西方人公认的一种高尚娱乐，手持现代化的利器到深山大泽里去屠杀兔子、山鸡、鹌鹑、野鸭、狐狸、麋鹿、野猪，以及狮、虎、豹等野兽，如有所获辄扬扬得意，不觉得这是野蛮的可鄙的行径。而且还要进一步予以制度化，颁出一套狩猎法，指定何时何地可以行猎，其动机是唯恐禽兽一经赶尽杀绝，此后便无取乐之对象，其间丝毫没有蔼然仁者之所用心。渔猎时代，杀生以谋生计，犹有可说，洪水猛兽为了人类安全也应在排斥之列。到了文明时代，奈何仍以不必要的杀伤生物以为取乐之道?

从前英国的王家狩猎，是王率百官隐身于一安全而有利的地方，由猎场守者驱赶成群的野兽于王前经过，王发矢石，轻而易举地有所斩获。这样的行为是于野蛮之外再加上卑鄙可耻！我们中国从前帝王狩猎是否如此，我不知道。

译英诗（六首）

一、二者的辐合

世间悲剧大部分是人为的，是自作孽，由起因到果报其间层次历历可辨。不过有些悲剧来得太突然，实在看不出其中的因果关系安在，在无法究诘的情形之下只好归之于天，归之于命运。

哈代（Thomas Hardy）是著名的悲观主义诗人，在作品中一向持命定主义的看法。在他的诗里有一首《二者的辐合》（*The Convergence of the Twain*），是他的宿命论的一个最好的注脚。

一九一二年四月十五日，英国白星航运公司的客轮“泰坦尼克号”（Titanic）自英出发到纽约做处女航。这艘客轮是当时最大的一条船，不但舱位多，而且设备豪华。启碇之时盛况空前。午夜之前不久，在纽芬兰南面海上，和大西洋北方漂来的一座大冰山相撞，约三小时后船沉，死难者在一千五百名以上。这是有史以来民航中最大的海难。很多诗人和小说家都曾描述过这意外事件，如普拉特（E. J. Pratt）有一首诗《泰坦尼克号》，法国人裴松（Andre Poisson）有一部小说《利物浦的一伙》（*Parti de Liverpool*）。哈代的这一首诗作于一九一三年，收在他的一九一四年刊的诗集《意外事件的讽刺》里。他不做正面的描写，他不详细描写船和冰山相撞时的情形。船上如何的慌乱、惊骇、凄惨，他只在最后轻轻地一笔带过，点到为止。他肆力描写的是那沉在海底的船的残骸，和命运之神的巧妙安排。这就是诗人的手法。

粗译此诗如后：

二者的辐合

（一）

在大海的寂寥中
深离人类的虚荣
和建造它的那份骄傲，它长眠不醒。

（二）

钢铁打成的房间，
像火烧过的柴堆一般，
冷潮像弹琴似的在其中打穿。

（三）

豪华的明镜
原是为绅商照映，
如今虫豸在上面爬——湿黏丑陋，蠢蠢地动。

（四）

玲珑剔透的珠宝
原是为供人夸耀，
如今黯然失色地在那里睡觉。

（五）

张着大眼的鱼
对这些晶莹灿烂的东西
问道："这狂妄之物在这里做什么呢？"……

（六）

在制造这飞鸟一般的
庞大的怪物之际，
搅动一切之旋转宇宙的神力。

（七）

也为它造了不祥的伙伴
——好伟大好壮观——
目前远在天边的一座大冰山。

（八）

它们彼此似不相干；
谁也不能看穿
它们以后会融合成为一团。

（九）

或是有任何迹象
它们会走到一条线上
不久成为一件惨案的双方。

（十）

直到宇宙的主宰
说一声“现在！”
于是大事告成，两个撞在一块。

记得在小时候，国文教科书好像就有一篇《“诺曼底号”遇难记》，其要旨侧重在描写船遇难时之如何的安宁而有秩序，放下救生船让妇孺先登，没有争先恐后的现象，最后船主和一般旅客在乐队奏乐声中沉入大海，好一派庄严凄惨的气象！我当时的印象极为深刻。过了十年，我在大学读书，在《现代诗》一课中又遇到了哈代这一首诗，感受稍有不同了，觉得世间悲惨有时候真的难以解释，哈代的看法也许是对的。再过几十年，我译此诗，我完全和哈代有同感。

二、最新十诫

基督教十诫，见《旧约·出埃及记》第二十章第一至十七节。按道理说，基督徒们是应该敬谨奉行的。但是像其他任何宗教一样，事实上戒律是时常被违反的。这就导致了所谓的虚伪。不是宗教虚伪，是信教的某些人虚伪。所以我们尽管对违反戒律的人痛心疾首，对于戒律本身的信心不必动摇。

英国十九世纪中叶有一位诗人克勒夫（Clough），有一首颇为著名的小诗《最新十诫》（*The Latest Decalogue*），见一八六二年刊的遗诗集。他对虚伪的基督教徒大加讽刺。最后四行是原刊所无，后来有人在手稿发现才补加的。克勒夫是当时一位次要诗人，不过这首小诗却清新可喜，试译其大意如下：

你只可有一个上帝，
谁能负担起两个呢？
不可崇拜偶像，

除了金钱一项。
绝对不要发誓，咒语
不能给敌人以打击。
星期天要到教堂，
会觉得世界一片慈祥。
孝敬父母；那即是说，
一定有好处可得。
不可杀；但亦不必
努力教人也活得下去。
不可与人通奸；
很少有好结果可言。
你不可偷；枉费气力，
欺骗可获更多的利益。
莫做伪证；让谎言
自动地鼓翼翩翩。
你不可贪不可嫉妒，但是传统
准许各式各样的竞争。

总结来说，如果你要爱，
只许对上帝表示爱戴：

无论如何你不可努力
爱邻人过于爱你自己。

三、轻骑队的冲锋

克里米亚战争（一八五三——一八五六）是有名的一次战役，英法及萨丁尼亚联军与俄国战，暂时阻止了俄国称霸南欧的企图。其结果是一八五六年的《巴黎条约》及宣言，保障土耳其的完整，黑海中立化，多瑙河航行自由。其中著名战役之一是在巴拉克拉瓦，英军卡多甘伯爵于一八五四年九月二十日率轻骑队进攻俄军炮兵阵地，由于命令错误，实行冲锋。轻骑队六百人，死军官十二，士兵一百四十七。伤军官四，士兵一百一十，损失惨重，但俄军为之丧胆，举世为之震动。丁尼生的一首诗《轻骑队的冲锋》，使得这一次英勇战役家喻户晓，流芳久远。粗译其大意如下：

半里格，半里格，
前进半里格的路，
六百名骑兵全部
进入了死亡之谷。
“前进，轻骑队！
向炮位冲锋！”他发令：
六百名轻骑兵
进入了死亡之谷。

“冲啊，轻骑队！”
可有一人踌躇后退？
纵然士兵知道
有人判断错了，
他们无话可说，
他们不问为什么，
他们只知奉命去做，
六百名骑兵
进入了死亡之谷。

炮在他们右边，
炮在他们左边，
炮在他们前边，
发出阵阵雷鸣；
炮弹碎片横飞，
打不退他们整齐的骑队，
进入死神的大嘴，
进入地狱的范围，
六百名骑兵。

他们抽出军刀一亮，
在空中闪闪发光，
看见炮手就砍，

直向大军进犯，
全世界为之震惊：
冲入炮火的硝烟，
捣入敌军的阵线，
哥萨克人，俄罗斯人，
在军刀挥舞中间，
被打得支离破散。
然后他们策马归来，
可不再是，可不再是，六百。

炮在他们右边，
炮在他们左边，
炮在他们后边，
发出阵阵雷鸣；
炮弹碎片横飞，
英雄堕地马倒颓，
奋战成功的骑兵队，
脱离了死亡的大嘴，
从地狱口里回归，
那六百名中剩下的骑兵，
六百名中剩下的骑兵。
他们的光荣能有消退的一天？
啊！他们那次冲锋好大胆！

全世界为之震惊。

赞美他们那次的冲锋！

赞美那一队轻骑兵，

高贵的六百名！

诗是歌谣体，文字极简单，意义极明显，音节极响亮，气势极雄壮，非如此不足以赞咏这一段可歌可泣的事迹。文字在诗人手里，就应该如软泥在雕塑家的手里一般，服服帖帖地任由捏弄。丁尼生使用文字的本领已臻化境。读此诗就像是吊古战场，恍如身临其境，但闻战马嘶鸣，只见血肉横飞。也许读此诗不如听朗诵，朗诵可能更传神。开始时音节轻快，“半里格，半里格”（一里格是约当三公里），骑兵徐徐前进。一声冲锋令下，石破天惊。然后“无话可说……不问为什么……只知奉命去做”，点出了全诗的精髓所在。然后形容炮火，右边，左边，前边，六百骑兵陷入袋形阵地。然后进行肉搏，杀敌致果。然后功成而退，再度遭受炮轰，右边，左边，后边，又是三面受攻。剩下来的已不是六百了！

服从是军人的天职，错误的命令也得服从，有了这种绝对服从的精神然后才能奉行不错误的命令。重理性的崇奉个人自由的人也许不能同意，但是在军队里这种服从仍是必要的。

四、你问我为什么

丁尼生是英国维多利亚时代的大诗人，生于一八〇九年，卒于一八九二年，差不多把维多利亚整个时代包括在他的一生之中，他继华兹华斯为桂冠诗人。他的思想及其作品最能代表他那一个时代的精神。他生时声誉之隆一时无双，但在死后即一落千丈，也许就是因为他太能代表时代精神，那时代已经过去，所以他也跟着落伍了。平心而论，他的作品在技巧方面是上乘的，当作纯粹艺术品来欣赏，自有其不朽的价值，而他的思想尽管过时，也自有其历史的意义。

《你问我为什么》可以说是一首完全说理的诗，不过说得干净利落，而且在形式上具备了诗的条件。从这首诗可以窥见丁尼生的性格的一斑。粗译大意如下：

你问我为什么，既然不适意，
我还要居住在这地方，
此地的雾使人迷惘，
对着苍茫大海只好垂头丧气。

这是自由人耕作的国土，
是庄严的自由所选中的，
在这地方无论是敌是友环绕你，
你可以把想说的话说出。

这是一个政局稳定的国家，
有名的古老的泱泱大国，

从一个事例到另一个，
自由的基础慢慢地在扩大；

这里党争很少酿出事端，
一些不同的思想
由它一步步地酝酿，
有充分时间与空间去发展。

如果有组织的团体压迫
言论，把独立的思想
看成为犯罪一样，
个人的自由从此沉默，
纵然英格兰的威名
三倍地远播海外各国——
纵然国家的每条沟壑
都被金沙填得阻塞不通——

吹送我离开这个港口，
狂风哟！我要去寻较温暖的天，
我要在我死去之前，
去看看南方的棕榈和庙堂的巨构。

这首诗作于一八三三年或一八三四年，发表于一八四二年。

英国当时正因为改革案而举国骚然，此诗盖有感而作。所谓改革案，乃政府所倡导，旨在扩大议员选举的投票基础，并改革选举制度的不公及弊病，由阁员约翰·罗素于一八三一年提出，经过剧辩，于一八三二年通过。以后还有第二项改革案及第三项改革案，使英国政治更迈向于民主。丁尼生属于“开明保守”一派，继承十八世纪勃尔克的政治理想，主张逐渐改良。

丁尼生这首诗开端自问为什么住在英国而不远走高飞。当时移民海外之风甚盛，或到美洲、或到澳洲。丁尼生说他宁可驻守在这以雾著名的地方，盖因这地方有政治言论的自由，而且是于稳定中求进步的国家，法国大革命闹得天翻地覆，而英国则免于流血暴动之危。英国之可爱处在此。如果英国没有言论自由，纵然英国再富，黄金遍地，他说他也要移民到欧洲的南部去，去享受较温和的天气，去欣赏艺术的杰构。

很简单、很纯洁的一点爱自由的情绪使得这首诗成为不朽。

五、题骷髅杯

拜伦十岁意外地袭承了男爵，成为“纽斯台寺院”寓邸主人。二十岁的时候（一八〇八年），他的一位园丁在土里掘出了一具骷髅。死人的头骨，眼睛是两个大窟窿，鼻孔是两个小窟窿，嘴巴是一个大窟窿镶着两排牙齿，嶙嶙白骨，好像是在苦笑，那样子相当可怖，纵然不说是不祥之物，至少不是可供赏玩的东西。但是禀性浪漫的拜伦看了，逸兴遄飞，居然把它刷洗干净，配上木座，制成为一只酒杯。这只酒杯使用过多少次，我们不知道。我们知道，他当时作了一首小诗《题骷髅杯》。诗曰：

别惊，莫以为我是亡魂：
我只是骷髅一具，
我和活人的脑袋不同，
我永远洋溢着情趣。

我曾生活、恋爱、饮酒，和你一样：
我死了，任尸骨埋在地下；
斟满吧，你不会伤害我；
蛆虫有比你更脏的嘴巴。

盛起泡的葡萄酒，
总比蚯蚓在里面繁殖强；
在这杯中注满了
玉液琼浆，胜似为虫贮粮。

也许我曾一度才情横溢，
让我再帮别人显露才华；
哎呀！我们脑浆枯竭时，
什么比酒更能代替它？

能饮直须饮；你和你的人，
有一天死去，像我一样。
另一批人会把你挖掘出来，
捧着你的骷髅喝酒歌唱。
为什么不？短短人生之中
骷髅引发无限的哀伤；
如今幸免于蛆虫泥土的侵蚀，
总算有机会派上了用场。

此诗发表于一八一四年。早年之作，没有什么特别可称之处，不过借题发挥也颇有一点情趣。骷髅做杯，震世骇俗，正是拜伦一贯作风，借骷髅寄感慨，也透露了拜伦的忧郁性格的气息。

骷髅引人想到生死这一大事因缘，是很自然的事。莎士比亚《哈姆雷特》五幕一景，哈姆雷特看到两颗骷髅，不禁感叹："大好头颅涂满了泥土，莫非就是他一生辛苦的结局……"在我们中国文学里，骷髅也常被提起。"庄子之楚，见空髑髅，髐然有形，撽以马捶。""子列子适卫，食于道，从者见百岁髑髅攓蓬。"曹植《髑髅说》："顾见髑髅，块然独居。"《唐诗纪事》："有病疟者，子美曰：'吾诗可以疗之。'病者曰：'云何？'曰：'夜阑更秉烛，相对如梦寐。'其人诵之，疟犹是也。杜曰：'更诵吾诗，云子璋髑髅血模糊，手提掷还崔大夫。'诵之，果愈。"这血模糊的髑髅是新斩下来的头，也许比那髐然有形的白骨更可怕。

骷髅做杯之事，我国古亦有之。《汉书·张骞传》："匈奴破月氏王，以其头为饮器。”《匈奴传》：“以所破月氏王头，共饮血盟。”《战国策》：“赵襄子最怨知伯，而将其头以为饮器。”饮器，饮酒之器也。庾子山《哀江南赋》，所谓“燃腹为灯，饮头为器”正是指此而言。这些饮器是泄愤的表现，与拜伦的骷髅杯的意义自不相若。

西洋中古时代的修道士，手上常戴指环，上面雕刻着一具骷髅，拉丁文名之曰 Memento mori，意为“记住你一定要死的”。人在名利场中，常常忘了死，是需要一点什么来提醒他，修道的人更是要勘破生死大关。我们中国的佛教，无论哪一宗派也都是旨在令人超然远举，总是在提醒人，生命短暂，有如石火风灯，命在须臾。不过站在宗教立场，不讳言死，是因为“生即是死，死即是生”，而有此了悟之后更要精进以求最后的解脱，不是要人认清生命短暂之后便抱“今朝有酒今朝醉”的态度而去纵欲享乐。骷髅是一个象征，可以引人向上，也可以引人浪漫堕落。

六、驶过沙洲

就丁尼生的短篇抒情诗而论，《驶过沙洲》一首就是非常意味深长的。粗译其大意如下：

夕阳西下，金星闪闪，
有清晰的声音对我呼唤！
但愿，当我驶入海洋，

沙洲上不发出哽咽的声响。

这波动的潮水像睡一般的静寂，
涨得太满，故无声音泡沫，
从无涯大海里来的
现在又要回到原来的处所。

黄昏时候，晚钟响起，
此后是一片漆黑！
但愿在我启碇之际，
没有诀别的伤悲；

因为虽然海潮要带我到远处，
远离我们的时与空的界限，
我希望渡过沙洲之后
能见到我的“领港人”，面对面。

这首小诗作于一八八九年，时丁尼生八十一岁。他在死前数日对其家人表示此后刊印诗集应以此诗殿后。因为他实际上是以此诗向世间告别。人的灵魂乃宇宙灵魂的一部分，人死则灵魂回归于宇宙。犹如来自大海之潮水终归流入于海。沙洲是海港入口处的浅滩，这种浅滩有时露出水面，有时覆在水面之下，所以海水到此汩汩作响，令人联想到哽咽之声，而有浅滩的地方船只出入困难，必须有赖于领港人的引导。丁尼生此诗由夕阳西下开始，那时候金星闪亮，金星就是晚星，这一切象征人的垂暮。呼唤声就是死亡的呼唤，所谓大限已至。诗人知道即将命终，但是他要在愉快的气氛之中死去，他希望驶过沙洲进入大海之际不要听到海水哽咽之声。有两种说法，一说沙洲发哽咽声，象征人之将死；一说沙洲做呻吟声预兆航行不利。无论怎样解释，诗人是盼望沙洲不要作声，让他安安静静地渡过。果然，潮水大涨，反倒一点声音都没有，从大海里来的（个人的灵魂）可以平安地回到大海（宇宙的灵魂）去了。在黄昏时候晚钟声起，黑夜即将到来，死后生活茫无所知，但是诗人非常旷达，视死如归，对于这个世界无须依依不舍的诀别，更无须因此而悲伤。为什么？因为此去虽然前途茫茫，万事皆空，飘飘荡荡地不再受我们所谓"时""空"的限制，但是其中还有一点希望，那就是死后也许可以见到上帝。上帝是我的领港人，领我生，领我死，死后可以面对面地会见上帝，那岂不是很可欣慰的一件事？

或谓领港人于船只即将离开港口之时到达一定地点即须离船，故搭船的人永远没有机会和领港人面对面地相晤。这固是事实，但诗中云云乃是譬喻的说法，譬上帝为领港人，所以我们也无须细加推敲了。倒是丁尼生要在死后去见上帝的话值得我们注意。维多利亚时期自然科学很发达，许多知识分子均有感于宗教观念有重加评估之必要。《圣经》上有一部分已无法使人深信不疑。丁尼生对基督教的信仰也动摇了，虽然没有克勒夫那样的激烈的怀疑。丁尼生是在怀疑之中还有几分希望。诗的末行只是表示“希望”，并非坚定的信仰。这种相当保守的自由主义正是那个时代精神的一大特色。

就诗论诗，这一首诗庄严肃穆，真是炉火纯青，读之令人神往。

树犹如此

送一多游美

一多是文学社的社友，清华现在唯一之诗人，有集曰《红烛》。今且游美，全社有失依之感。习俗之序赠的滥调，文学社友本不优为；而别离情绪盘萦脑际不去者累日，遂迸而成此。既成篇，诗之工拙弗计也！呈一多及诸社友。

牡丹谢了，早谢了，
留下无数鸡爪子似的种子，
缀在绿色的枝头上。
荷钱还稀得很呢，
三三两两地在池边聚着，
也不知喁喁地商量些什么？
唉！什么是饯送的馈礼呢？
又谁是饯送的主人呢？

东方的魂哟！
雍容温厚的东方的魂哟！
不在檀香炉上袅袅的香烟里了，
虔诚的人们膜拜着些什么啊？
东方的魂哟！
通灵浩彻的东方的魂哟！
不在幽篁的疏影里了，
虔祷的人们供奉着些什么啊？
遗弃的髑髅啊！
优游的尸身啊！

东方的魂哟！
终于像断了线的纸鸢，
飘到迢迢遥遥的云阶上了吗？
唉！诗人早一把掣着了线端，
立在云端，欢喜地降着了。
从云缝里露着的景象：
跳舞的髑髅，游行的尸身，
早密业业地填满了人间。
诗人的心也就震荡了！
“拿去——这是你的灵魂！”
只这一句话能完成诗人。

我的朋友！
看渊潭久了，渊潭也要看你！
嗅香花久了，香花也要嗅你！
天上人间的诗人啊！且记取：
“拿去——这是你的灵魂！”
只这一句话能完成诗人。

朋友啊！
海洋里的熏风，
将把“红烛”里的光焰更扇亮些吧？
你就秉着熊熊燃着的“红烛”，
昂然驶进西方海岸的湾港吧！

我感到恐怖的黑暗，
便灭了我手里的纱灯；
但是，到海底探珠的人们啊！
燃着你们的灯光吧！
在魔鬼怀里炬火要缩成爝火，
爝火要变成磷火了！

纱灯的周围，有数不清的灯蛾；
但是闪烁的炬火也要驱走恶魔了！
朋友啊！燃着你的灯吧！

在烛影摇红里，我替你祝福了！

牵裳的风啊！
系鞭丝的柳枝啊！
挽不住离人去了！……

朋友啊！
谢了的牡丹，
钱大的荷盖……
在这冷清的黄昏，
只这些是馈礼了！
但在失了魂的人们里，
谁又是饯客的主人呢？

一九二二年五月十六日黄昏

（原载一九二二年六月《清华周刊》第八次增刊）

旧　居

蝉也叫得忒狂了，吓得柳枝一动不敢动；
嘶嘶没有起落的响声，震伏了一切生灵。

雨水淤成无数的小坑，缘坑生满了野草；
草片染着泥，剩着一半绿，还待雨丝涮扫。

盆荷不再开了，癯小莲蓬带着病黄面孔，
呆受骄阳的热炙，看着顽皮的野菊恣纵。

黑白斑的老猫跳下墙头，紧追着我狂叫；
唉！谁知道它是欢迎旧主，还是申诉不饱？

人影显着瘦了，却清清楚楚地映在阶上；
竹梢的叶子憔悴了，遮不满南房的后窗。

蛛丝锁门，
尘灰铺着地，冷侵侵令人寒栗；
橱里的瓶儿有半截剩酒，炉头惨无生气！

邻家的小儿依旧的肥，笑眼眯眯凝视我；
想起那天跄踉去，今天却依稀不忍离啊！

一九二二年七月九日

（原载一九二二年九月十一日《清华周刊》二五〇期）

答一多

烛火都要熄了，
又何有于流萤呢？

自从我的开路的神灯；
退出了我的眼界，
便在我想象的宫里大放光明，
照得各个黑角都亮了，
像一座莹彻的水晶宫！

我是人间逼迫走的逃囚，
我把荷花池做了逋薮；
那里准我恣情地唱了，
却只是听着自己的歌声，
无归宿的孤声啊！

借了 Cupid 的小弩；
怎奈那持满待发的箭啊，
又雕着罪人的名字，
反将宣示了我的藏处！

朋友啊！
愿你闲敲几朵灯花，
愿你漫折几枝笔花，
缀在我的神思的襟上，
做了辟邪的符箓吧！
我更要跨上亘天的彩虹，
像一条绝壁飞升的神龙，
飞到海洋的彼岸，
扇着诗人的火啊，
坐看着你的烛影摇红！

但是烛火都要熄了，
又何有于流萤呢？

一九二二年十月十九日

（原载一九二二年十一月二十四日《清华周刊·文艺增刊》一期）

寄怀一多

我几番的梦想!
心焦泪冻的红烛啊!
要在凶险的黑夜
熊熊地升上天空,
照着布棋似的群星,
虽是隔着浩荡的海洋,
也好代替那一轮皓洁的月明。
你知道:
我爱银箔一般的月色,
我也爱红焰辐射的烛火。

朋友啊!
我一度默对绰约的嫦娥,
一度沉思鸿飞万里的诗客。

可怜的孤雁啊！
我也是一只可怜的孤雁！
一片凄凉的汀州，
漠漠无垠的沙岸，
我只看见几星渔火！
只有我孤独的哀鸣！
捣破沉凝的寂静，
但仅是一声——两声——
愈鸣愈弱的呼声啊！
“梦笔生花”的图像啊！
还似炊烟一缕在我心里浮动着，
此外便是些枯蓬断梗了，
唉！好荒凉的心境呀！

我如古刹门前的空心树，
没有峥嵘的绿盖，
也没有你的蝙蝠似的玄思；
只在郁极无聊的时候啊，
像是心里盘踞着一条
血口金鳞腰围十丈的巴蛇，
静待着电火焚化的期限。

（原载一九二三年一月十三日《清华周刊·文艺增刊》三期）

斯威夫特自挽诗

斯威夫特以《格列佛游记》一书闻名于世，若干讽刺性的散文亦颇脍炙人口，但他的诗作近亦越来越为人所注意。其中一首自挽的诗，《悼斯威夫特博士之死》（*Verses on the Death of Dr. Swift*）是最著名的。据作者于一七三一年十二月一日给他的好友约翰·盖的信上说："我最近数月写了近五百行，题目甚为有趣，只是叙说我的朋友与敌人在我死后有何话说，不久即可脱稿，因我每日添加两行，删削四行，修改八行。"诗成后未即发表，第一版刊于伦敦，一七三九年，未得作者许可，原文约三分之一以及作者原注均被略去，因为刊行的人恐怕开罪当道而受连累之故。同年都柏林又有一版本刊行，仍不完善，但已较为忠实。有若干处作者原意不明，有待于后之编者的悉心编纂。最谨严的重纂本是 H. Williams 的，见《斯威夫特诗集》卷二。

诗人大概都很旷达，所以不讳言死，有些人常自撰墓铭，但是像斯威夫特之写长篇自悼诗者却不多见。斯威夫特此诗在标题下有两行小字，说明此诗之缘起系读到法国格言作家拉饶施福谷的一句格言有感而作，格言是这样的："在我们的知交遭受困难之际，我们会发现一点什么，可使我们并不感觉难过。"幸灾乐祸是人性的一部分，谁也免不了，纵然不形之于色，内心里总不免要兴起"我多幸运，这灾祸没有发生在我头上"之感。所以斯威夫特预料自己死后他的朋友与敌人都不免有话要说。照例，人死之后专说好话，在他生时舍不得说的赞美之词一定要在他的耳朵听不到的时候才毫不吝啬地讴颂出来。不过也不一定永远如此。有些怀有敌意的人，就是在一个人已经盖棺之后也还饶不了他，在死人身上戳几刀也觉惬意。斯威夫特是一个极敏感的人，这一切他早已料到，所以，与其让别人在身后说三话四，倒不如自己把那些悦耳的与逆耳的话先说出来。英国十八世纪是一个党争甚烈的时期，几乎没有一个文人不卷入派系斗争的旋涡里去。斯威夫特一生在这旋涡里翻滚，他的讽刺的文才就是这样培养出来的。

讲到讽刺，斯威夫特也有他的分寸。他借了一个朋友的口说：

> 也许我应该承认，
> 堂长血脉里有太多讽刺的成分，
> 他好像决意不要它消乏，
> 因为没有时候比如今更需要它。
> 但是他从来没有恶意，
> 他打击罪恶，总把姓名隐起。
> 没有任何个人会表示不满，

因为有成千上万的人同样受谴。
他的讽刺不指向任何毛病，
除非是大家都可加以改正；
有一种人他最厌恶，
明明是谩骂，偏说是幽默……

换言之，他的讽刺是以认事不认人为原则的。这是一个理想，讽刺罪恶而能保持温柔敦厚的气度，是很难的。谩骂与幽默其间的差别有时也是颇为微妙的。斯威夫特死后，遗产捐给公家用以兴建一所疯人院，这是他一生中最后一次幽默作风的表现。

他捐出他的小小的资产，
去建立一所疯人院，
他用这样一个讽刺的手法，
说明这个国家最迫切地需要它。
……

其实斯威夫特毕生为自由而奋斗，领导爱尔兰人反抗英国的压迫，那锲而不舍的精神也可以说是疯狂的。他最大的一项贡献是以纱布商 W. B. Drapier 的假名写五篇公开函反对半便士铜币的发行，这铜币是由一个名叫 Wood 的人在英国以贿赂方式取得铸造特权，如果得以发行则爱尔兰的金银全被剥夺，其害甚大。斯威夫特这一举动，功在国家。英爱两国政府各悬三百镑重赏缉拿该函作者，时爱尔兰人无人不知其作者为斯威夫特，但没有一个人为贪求赏金而告密。关于此事，斯威夫特颇为自负，念念不忘：

因为“自由”是他唯一的口号；
为了她，他准备随时死掉；
为了她，他曾勇敢地独立，
为了她，他常暴露了自己。
两个国家，由于党派倾轧，
都曾悬赏来查缉他；
但是找不到一个肯出卖他的人，
为了那六百镑的赏金。

斯威夫特一方面尽管是热情奔放的，另一方面却是冷静得出奇的，他临文非常沉着，他看准了一个问题的核心所在，不慌不忙，抓紧了那个中心概念，然后使用他的绝招——反语，毫不留情地予以针砭！对于他的文笔他有自知之明：

他好用反语，而态度谨严，
暴露愚冥，打击凶顽；
别人的牙慧他从不拾取，
他所写的都是他自己的。

所谓反语，即是字面上的解释与作者真实的意向正好相反的话。明明是恭维，实际是挖苦；明明是斥责，实际是颂扬。他的散文《一个小小的提议》——提议把爱尔兰的孩子宰了给英国地主们吃掉以解决饥荒，便是最佳的反语文学作品之一例。他怨恨他的朋友阿布兹诺：

> 阿布兹诺不再是我的友人，
> 他胆敢使用反语行文，
> 那乃是由我把它引入，
> 首先加以改进，展示它的用途。

这不是嫉妒，这是一方面称赞朋友，一方面又十分自负。

尘　劳

尘劳纠缠我们太甚；夙兴夜寐，
赚钱又挥霍，我们浪费了精神；
自然界很少事物使我们赏心悦目；
我们抛弃了心，真是不合算的买卖！
向月亮坦露胸怀的大海；
那无时不在的怒吼而现在没有声音
像睡花闭拢起来似的狂风阵阵；
这一切，我们都觉得合不来；
它不能感动我们。——神啊，我宁愿
是古老教条抚养大的异教徒一个；
以便伫立在这愉快的草原，
瞥见一些什么，减少我的寂寞；
看普洛提阿斯自海中涌现；
或是听老特莱顿吹他的海螺。

这首十四行诗是华兹华斯一八〇六年左右作，也许是他前前后后所作约五百首十四行诗中之最为人所熟悉者。第一行是 The world is too much with us，即以为题，人生苦短，整日为名缰利锁所牵，连大自然的良辰美景都不能享受，真是何苦来哉！华兹华斯反对对过度的物质享受的追求，主张归真返璞，宁愿做一个原始的异教徒！其实古今中外的文人雅士没有不向往山林的。苏东坡诗“朝来拄笏看西山”，典出《世说新语》，王子猷以手版拄颊，自言自语地说“西山朝来，致有爽气”，言其在从政时并不忘情于自然之欣赏。

十四行诗格局谨严，在趣味上有一点点近似我们的律诗，一样有起承转合，只是没有对仗。华兹华斯作诗，主张使用日常言语，常常不是模仿民谣形式，便是以无韵诗行写成所谓的“谈话诗”，有意地打破新古典派的法则。但是在另一方面他喜欢写十四行诗，为弥尔顿以降，最大的十四行诗作者之一。这原因是华兹华斯究竟是一个艺术家，“征服困难”永远是一件乐事。能熟练运用文字的作者，还能怕音节的规律和韵脚的束缚吗？能作古典诗，才有资格谈新诗；能作新诗，才有资格谈古典诗。华兹华斯并不矛盾。十四行诗与歌谣体各有千秋。

四十多年前，我们的白话诗尚在萌芽时代，闻一多、徐志摩试行采用西洋诗的形式，尤其是闻一多译了勃朗宁夫人若干首“葡萄牙人的情歌”，又作了几首“商籁”，无非是偶然兴至。我当时就觉得此路不通。尤其是“商”“桑”不分，“籁”“耐”

不分，听起来就别扭，可是“商籁”二字居然也有人沿用不误。有人嘲笑之为“戴着镣铐跳舞”，这也是不懂西洋诗的艺术者的皮相之论。只要舞得美，戴了镣铐又有何妨？中国文字和西洋文字不同，十四行诗生吞活剥地在中文诗里出现，难以成功，且亦无此必要。诗必须根据自己的传统寻求创新，外来的精神与形式不是可以不加选择即予采纳的。看华兹华斯之推崇十四行体，也是念念不忘西洋诗的传统的成就。下面是他一八二七年作的一首十四行诗：

莫轻视十四行诗

莫轻视十四行诗：批评家，你忘了
它的光荣所以才皱眉；用这把钥匙
莎士比亚打开了他的心房；这小小的
琵琶的乐声曾安抚皮特拉克的烦恼；
用这笛子塔索吹出过千遍的歌调；
卡模昂在流亡中也用它来消遣，
但丁的花冠覆在他的冥想的额前，
十四行诗也曾在那柏叶之间照耀了
一片欢乐的叶子：是萤火的微光，
鼓舞了风流的斯宾塞，把他从仙境唤醒，
来和寂寞奋斗；一旦无情的沮丧
包围了弥尔顿的前程，在他掌中

这东西竟变成喇叭；他借以吹叫
惊心动魄的音调——哎呀，可惜太少！

林肯告别春田

林肯赴总统任前《告别春田》一文，简洁诚挚，不可多得。文曰：

> 朋友们，不在我的处境者不能了解我在此时告别之黯然神伤。我的一切都是靠了这个地方和这地方人士的优遇。我在此地已住了一世纪的四分之一，从青年到老年。我的孩子们生在此地，其中一个埋在此地。我如今要离去了，不知何日更不知能否再回来，因为我未来的工作比放在华盛顿身上的工作还要沉重。如不能得到神明一直赐给他的那份助力，我不能成功。如有那份助力，我不会失败。信任上帝，他会跟随着我，也会看顾你们，所以我们可以安心地希望一切都会顺遂。我把你们交付他来照料，我希望你们在祈祷里也会把我交付给他，我诚恳地向诸位告别了。

凡讲演词及正式文告之类皆宜如此，要直截了当，不可空洞冗长，惹人厌恶。修辞立其诚，林肯深通此理。

沉默的庞德

《新闻周刊》（一九七〇年十一月九日）载：

> 庞德八十五岁生日，记者一个接一个地到他威尼斯的家中，企图访问这位羁留国外的美国诗人。他以奇异的方式招待记者，细心聆教，但不回答，保持他近年来一贯的沉默作风。他的管家婆奥尔加·罗芝代他答复一切问题，有时庞德点头表示同意，否则就挺直地僵坐椅上。“他也许像是与世隔绝，”罗芝夫人承认，但又补充说他并非如此，“实际上他注意世上每一件事，而且倾听别人的言论。他像是一部停放着的汽车，而火门未熄。车是不动，但是内部依然在动。”

庞德是一位才气很高的诗人。四十六年前我和闻一多一起研读美国意象派（Imagists）的作品，就对他的诗特别激赏，认为是其中的翘楚。十几年前我又读到他译的《诗经》，虽然距离原文太远，但是非常可读，不愧为诗人的翻译。可能是菲茨杰拉德译奥玛·海亚姆“四行诗”以后第一部精彩的诗译。

庞德在第二次世界大战投在法西斯一面，却是大错特错，晚节不保，人们无不为之惋惜。出卖国家的叛徒，纵然文采风流，亦无足取。“像是一部停放着的汽车，而火门未熄。”亦惨矣！

华苓寄来几册诗集，内有《庞德诗选》，页三十九 Epitaphs 一首竟有这样的句子：“李白也是醉死的。他企图抱月，在黄河里。”滚滚黄流里还能看到月亮！

布劳德斯基的悲剧

一九七二年六月十九日的《新闻周刊》载苏俄诗人布劳德斯基被迫害的情形：

那是一九六四年冬天。一位苏联的女审判官萨夫雷亚夫人，以轻蔑的眼光看站在她面前的褴褛不堪的二十三岁的被告。

问：你是做什么的？

答：我是一个诗人。

问：谁说的你是一个诗人？谁把你放进诗人之列？

答：没有人。谁又把我放进人类之列？

问：你学习过如何做诗人吗？

答：我以为你不能在学校里学习到这个。

问：那么如何学呢？

答：我想这是从上帝那里来的。

布劳德斯基确实是使苏联当局感到棘手的一位诗人。审判时，他在新潮文艺界中已很著名，他的稿件在莫斯科与列宁格勒都流传很广。虽然如此，审判官萨夫雷亚判他五年苦役，认为他是“无业游民，社会寄生者”，而且没有任何“有益于社会的作品”。

在国家农场里做了十八个月铲粪砍柴的工作之后，布劳德斯基获释，此后七年他住在列宁格勒，写作翻译，几乎全是投到非官方的出版物上去。据较开通的俄国知识分子及西方学者的意见，布劳德斯基是苏联现存的最杰出的诗人。但是对于苏联当局，他是无可救药的，上星期他们企图解决这个问题，一脚把他踢出境外。

布劳德斯基并未公然写反对苏联的诗。相反地，他的诗是有浓厚的个人色彩，深具玄想作风，完全是非政治性的。但是他拒绝把他的天才纳入党的规范，于是由当局看来他是典型的唱反调的分子。乔治柯兰是伯林毛学院的哲学教授，也是布劳德斯基的诗的翻译者，他说：“很可能是，他们无法容忍一个重要的人声誉蒸蒸日上而不是他们的人。”

上星期他飞出流亡之后，布劳德斯基和苏联当局还有摩擦。他父母是犹太人，他们为他预备了以色列的签证，希望他在那里定居。但是布劳德斯基对于犹太民族主义并无兴趣，到了维也纳之后便表明愿赴美国，不要赴以色列。事实上美国密歇根大学已经邀请他做“住校诗人”，据说他亦已接受。他在维也纳等候美国签证的时候，他对这整个事件还是表示有些惶惑。他抱怨说：

“我不愿永久住在外国。我要回到俄国去，那是我唯一的家乡。”

除非苏联知识界气氛突然改变，布劳德斯基在最近的将来要想回到祖国，机会好像不大。从一方面看，这不是悲剧。大家公认他是一个很潇洒的人，很会交朋友，对女人有诱惑力。如果寂寞不成为问题，那么文艺流亡者一向所遭遇的一项困难——脱离了他的艺术的根源——会对他的诗有害的。“我祝他顺利，”另一位苏联的不与当局合流的作家说，“我们非常遗憾地看着他走。可是国内能给他什么好处呢？”

这一段报道有一个俏皮的标题：《诗的不公道》（*Poetic Injustrce*）。所谓“诗的公道”是文学批评上常见的一个术语，在英国是由陶玛斯·莱玛于一六七八年首先使用的，表示奖善惩恶之意。亚里士多德谓悲剧英雄之倾覆多少是由于其个人之缺陷，故不啻咎由自取。“诗的公道”之说是由亚里士多德的见解而来之硬性规定，一切剧中人物皆有其分所应得之结局。最显著之一例是泰特改编的《李尔王》，善恶的果报一点也不含糊。如今这个标题是把“公道”改为“不公道”，好俏皮的一个讽刺！善良无辜的诗人却遭受无理的迫害！

布劳德斯基无罪，所加之罪是他未能遵守政府规定之路线写作。这是不能被容忍的事。极权专制独裁暴虐的政制之下，什么都可以容忍，就是不能容忍异己。他们以为个人无自由，个人自由都被剥夺净尽之后国家才有自由。好像一个自由的国家应该是由亿万个奴才来组成的！做奴才比较不费气力而收获可能最丰，所以做魁首的人号召大家做奴才听他的指挥，就有那么多人甘愿做奴才。在这情形之下，有头脑有骨气的人，不是佯狂，不是为之奴，就只好去之了。

但是谁也不愿意离乡背井地脱离歌哭于斯的祖国。布劳德斯基所谓“我要回到俄国去，那是我唯一的家乡”是他的肺腑之言，非常沉痛。爱自己的家乡乃是人性之高贵的一面，何况是感情丰富的诗人?

树犹如此

奥斯汀的小说*Sense and Sensibility*里面的一个人物爱德华·佛拉尔斯说过这样的一句话："我不喜欢弯曲的、扭卷的、受过摧残的树。如果它们长得又高又直，并且茂盛，我便更能欣赏它们。"我有同感。

在这亚热带的城市里住了二十多年，所看见的树令人觉得愉快的并不太多。椰子树、槟榔树，倒是又高又直，像电线杆子似的，又像是摔头的鸡毛帚，能说是树吗？难得看到像样子的枝叶扶疏的树。有时候驱车经过一段马路看见两排重阳木，相当高大，很是壮观，顿时觉得心中一畅。龙柏、马尾松之类有时在庭园里也能看到，但多少总是罩上了一层晦气，是烟，是灰，是尘？一定要到郊外，像阳明山，才能看见娇翠欲滴的树，总像是刚被雨水洗过的样子。有一次登阿里山，才算是看见了真正健康的树，有茁壮的幼苗，有参天的古木，有腐朽的根株。在规模上和美国华盛顿州奥林匹亚半岛的国家森林公园固不能比，但其原始的蛮荒的气味则殊无二致。稍有遗憾的是，凡大森林都嫌单调，杉就是杉，柏就是柏，没有变化。我们中国人看树，特别喜欢它的姿态，会心处并不在多。《芥子园画谱》教人画树，三株一簇，五株一簇，其中的树叶有圆圈，有个字，也有横点，说不出是什么树，反正是各极其妍。艺术模仿自然，自然也模仿艺术。要不然，我们怎会说某一棵树有画意，可以入画呢？但是树也不一定要虬曲盘结才算是美。事实上，那些横出斜逸的树往往是意外所造成的，或是生在峭壁的罅隙里，或是经年遭受狂风的打击，所以才有那一副不寻常的样子。犹之人也有不幸而跛足驼背者。我们不能说只有畸形残废的才算是美。

盆栽之术，盛行于东瀛，实在是源于我国，江南一带的名园无不有此点缀。《姑苏志》：“虎邱人善于盆中植奇花异卉，盘松古梅，置之几案。清雅可爱，谓之盆景。”即使一个古色古香的盆子，种上一丛文竹，放在桌上，时有新条茁长，即很有可观，不必奇花异卉。比瓶中供养或插花之类要自然得多。曾见有人折下两朵红莲，插在一只长颈细腰的霁红瓶里，亭亭玉立，姿态绰约，但是总令人生不快之感，不如任它生长在淤泥之中。美人可爱，但不能像莎乐美似的把头切下来盛在盘子里。盆栽的工人通常用粗硬铁丝把小树的软条捆绕起来，然后弯曲之，使成各种固定的姿态，不仅像是五花大绑，而且是使铁丝逐渐陷入树皮之中的酷刑。树何曾不想挣脱羁绊，但是不得不屈服在暴力之下！而且那低头匍匐的惨状还要展览示众！

凡艺术作品，其尺寸大小自有其合理的限制。佛像的塑造或图画无妨尽量地大，因为其目的本来是要造成一种庄严威慑的气势，不如此，那些善男信女怎么五体投地地膜拜呢？活人则不然。普通人物画总是最多以不超过人之原有的尺寸为度。一个美人的绘像，无论如何不能与庙门口的四大金刚看齐。树和人一样，松柏之类天生高耸参天，若是勉强它局促在一个盆子之内，它也能活，但是它未能尽其天性。我看过一盆号称千年古梅的盆景。确实是很珍贵，很难得，也很有趣，但是我总觉得它像是马戏团的侏儒。

清龚定庵写过一篇文章，题为“病梅馆记”。从前小学教科书国文课本里选过这篇文章，给人的印象很深。他有很多盆梅，都是加过人工的，他于心不忍，一一解其束缚，使能恢复正常之生长，因以“病梅馆”名其居。我手边没有龚定庵的集子，无从查考原文，因看到奥斯汀小说中之一语而联想及之。

不管怎样

亚瑟王的故事

亚瑟王和他的圆桌武士的故事，一向流行很广，尤其是丁尼生把这些故事写成了叙事诗，多有渲染，使其更近于人情，遂成为每个儿童都耳熟能详的通俗读物。骑士踏上征途，茫茫然不知所之，寻求刺激，扶弱抑强，以游侠自任，或除暴客，或斩妖邪，一波未平一波又起地永无休止。中古时期特有的一种浪漫的恋爱观，所谓“高雅的爱”，对意中人奉若神明，唯命是听，赴汤蹈火，在所不辞，而对象又往往是有夫之妇，于是幽会私奔，高潮迭起。凡此种种，把这中古罗曼史点缀得花团锦簇，色彩鲜明，至今仍能给人以新奇的喜悦。

亚瑟的故事有很多荒诞不经的地方，像亚瑟的那一把魔剑，能削铁如泥，插在石头里谁也拔不出来，一定要等待“真命天子”才能一拔即出，亚瑟垂死之际这把剑又被抛在水里，水里伸出一只怪手把剑接了过去而逝。帮助亚瑟杀敌致果的魔师梅林，幻术百出，真是神通广大。像这样奇异的穿插，一望而知是诗人的捏造，无论是儿童还是成年的爱听故事的人都不妨姑妄听之。但是也有喜欢刨根问底的人，要进一步问亚瑟与其圆桌武士究竟有无其人，是历史上的真实人物，抑或是诗人向壁虚造的资料？因为亚瑟王是第五或第六世纪的人物，而当时各家史籍竟无片言只语涉及其人，偶有提到他的文字亦语焉不详，甚至带有神话意味。所以研究文学与历史的人，大概都对亚瑟王的故事之真实性持保留的态度。近阅六月二十一日《新闻周刊》，有一段关于亚瑟的报道，如下：

> 亚瑟王的传说，一直有人信以为真，最近英国的历史学家顿宁（Robert Dunning）在反对方面又添上了他的异议。他写了一本关于萨摩塞郡的基督教历史的书，他说亚瑟王故事至少有一部分是十二世纪的格拉斯顿伯里寺院中的僧侣搞的一项招揽生意的噱头，这寺院据说是亚瑟王及其不贞之后桂妮维亚的埋身之所。据传说，亚瑟王在六世纪中叶，在战斗中受了致命伤，然后由一船载之而去，到了一个名为阿瓦龙的魔岛之上，其地在英格兰之西方。格拉斯顿伯里寺就建在那个地方，但后于一一八四年毁于火灾。有一天，寺僧掘地为墓，掘出了一个铅质十字架，上有拉丁文字："著名的亚瑟王长眠于此阿瓦龙岛上。"再往深处掘，乃发现庞大的橡木棺，内有一躯体壮大的男子骨骼及一骷髅，左耳上方曾被击碎。尸骨的一边又有一副较小的骷髅，几缕细弱的黄发。
>
> 当时一般人都以为这遗骸就是亚瑟王及桂妮维亚。但是

顿宁于仔细研究一切有关文献之后，乃得一结论，这可能全是那些僧人编造出来的谎言，借以敛财重建寺院。捐款纷纷而来，但是被狮心王截断了，因为他更感兴趣的是第三次十字军。“人们必须加以诱骗使之继续地慷慨输将。”顿宁说，“伪造文书与欺骗行为好像在最虔诚的宗教人士之间，也不是不常见的。格拉斯顿伯里建筑基金的来势渐行疲软之际，硬指格拉斯顿伯里为阿瓦龙而且发现了亚瑟的墓，岂不是最好的宣传手段？”

凡是传说，当然是不易消灭的。在格拉斯顿伯里之南仅仅十英里的地方，有一群英国考古学家，号称“卡美洛特研究委员会”，已经在一座山下掘了好几年，以为那就是亚瑟王宫廷所在的卡美洛特之故址。已故的丘吉尔对于揭发亚瑟王故事之虚伪的人也不以为然。在他的《英语民族史》里，丘吉尔描述亚瑟王的传说为：“其题材之踏实，其灵感之丰富，其为人类遗产之不可分割的一部分，较之《奥德赛》或《旧约》皆无逊色。全是真实的，或者说应该是……”

丘吉尔最后一句话是很狡猾的。他知道那不是真实的，所以他补加一句转语“或者说应该是……”。凡是神话之类的东西，日久逐渐成为传统或历史的一部分，一般人明知其虚伪也不愿加以揭发，因为一经揭发，传统或历史不免要损失一部分色彩。传统与历史需要装潢。

《布道书》

英王爱德华六世于一五四七年登极，在他的名义下发布了一本《布道书》（*Certain Sermons or Homilies*），这是一种钦定的官方文件，发给全国教会于每星期日宣读，所以意义非常重大。这与爱德华六世本人倒没有什么关系，因为他是一个孱弱的孩子，登基时才十岁，政权在摄政者手里，他十六岁就死了。但是君权神授之说乃是都铎王朝的政治思想中一项重要原则，被统治的人民应该唯命是从，服从是天职，永远不得反抗。莎士比亚小时候在教堂里，大概就听到过这样的布道。《布道书》的第十篇，标题为《告诫人民维持良好秩序服从君主与官长》，就是专门灌输服从之说的宣传文章，引经据典，大言不惭，好像是颇能自圆其说的样子。兹节译此篇如下：

全能的上帝创造万物，在天上，在地上，在水里，有条不紊，美妙至极。在天上他布置了阶级鲜明的大天使与天使。

在地上他安排了帝王、公侯及其他文武百僚，秩序井然，切合需要。天上储藏水分，在适当的季节降为甘霖。日、月、星、虹、雷、电、云及空中飞鸟，无不各守其分。地、树、种子、植物、药草、谷、草以及各种兽类，亦均各安其位。一年各季，如冬、夏、月、夜、昼，都按秩序进行。海、河、水里的各种鱼，以及一切喷泉水源，甚至海洋本身，都各有其轨迹与秩序。人类亦然，他的身心各部，如灵魂、心脏、心灵、记忆、悟性、理性，还有言语，以及躯体上的各个部分，都有有益的、合适的、愉快的秩序，各个阶层的人在他们的职业与位置之中各有他们的义务与地位。有些人地位高，有些人地位低，有些人是帝王公侯，有些人是属下与平民，牧师与俗人，主与仆，父与子，夫与妇，富与贫，每人均互相需要别人；所以一切事皆要赞美上帝的妥当安排，否则，家庭、城市、国邦均无法继续维持下去。若无适当的秩序，必定产生弊端、放纵、罪行与巴比伦式的混乱。若是取消国王、公侯、统治者、官员、法官及上帝安排的各阶层，那么将没有人在公路上骑马或步行而不被劫掠；没有人在自己家里或床上睡觉而不被杀害；没有人能安然保有他的妻、子女和所有物；一切的东西必将变为共有，势必导致一切的纷扰与极端的破坏，无论是在灵魂、躯体、财物、国家，任一方面。但是我们要感谢上帝，在这英格兰国土之内，我们感觉不到那些缺乏秩序的民族所必定要受到的灾难、苦痛与狼狈。我们也要感谢上帝，我们知道上帝对我们特颁恩宠。上帝给了我们一项宝贵的礼

> 物，那便是我们最亲爱的国王爱德华六世，辅以一个虔敬的聪明的荣誉的枢密院，以及其他上上下下的官佐，秩序井然。因此之故，我们人民要善尽我们的职责，热烈地感谢上帝，为保持这个神圣秩序而祈祷。我们要从内心深处服从他们的措施、法律、规程、文告、训谕以及一切其他神圣的命令。我们要体会圣经的指示，它指示我们做忠顺的良民，主要的是要效忠于国王陛下，他是至高至上的首领，其次是效忠于他的枢密院，及其他一切由上帝安排下的贵族、长官、官吏。因为全能的上帝是上述的国家秩序之唯一的创造者，像《圣经·箴言》篇所说的："借我之力，国王君临天下；借我之力，大臣制定公正法律；借我之力，五侯掌握治权，一切法官执行裁判。我爱一切爱我的人。"（《圣经·箴言》篇第八章十五至十七节）……

邪恶的审判官彼拉多对基督说："你知否我有权钉死你也有权释放你？"耶稣回答说："你对我不能有任何权，除了上天所授。"（《约翰福音》第十九章十至十一节）基督在这里明显地指示我们，即使是邪恶的统治者，他们也是从上帝那里获得权力与威信。所以他们的属下人民不可用暴力抵抗他们，纵然他们滥用职权；至于没有滥用职权而只有增加上帝光荣并且施惠于民的那些虔诚信奉基督的王侯，自然更不可以抵抗了，使徒圣彼得命令一切臣仆服从主上，主上宽仁固然要服从，主上乖戾也要服从，强调人民的本分是忍耐，应该承受苦难。他提到我们的救主基督如何耐心地劝导人服从官长，虽然他们是邪恶的坏人。

所以我们都要对于反叛那种罪过，抱持戒惧之心，永勿忘记凡是抵抗权威者即是抵抗上帝和他的命令，《圣经》文字中还有许多别的明证可举。我们于此宜加注意，《圣经》中教人绝对服从并且痛斥犯上作乱的这类文句，绝不是指罗马教会所僭取的特权而言。因为圣经不容许那样僭夺的特权，其中充满了邪恶、滥权与亵渎。这一类文字的真义乃是阐明上帝之真正意旨以及奉天承运的帝王与其属员们之权威。

约翰逊的字典

约翰逊的英文字典刊于一七五五年，除了在规模较大的图书馆里，现在很少人有机会看见这部字典的原貌，但是这部字典有其不可磨灭的位置。我幼时在教科书里读到约翰逊致柴斯菲德伯爵书，即心仪其人，后来读了麦考莱的《约翰逊传》，得知其生平梗概，越发对他向往。近年来我与字典编纂的工作结了不解之缘，深知其中甘苦，对于约翰逊的字典遂有较为深入的了解。我从书架上取下这部一七五五年出版的字典的复制版，展开来看，原书面貌丝毫不爽，纸是黄的，墨色是暗淡的，字形是粗陋的，古色古香，但是我面对着二百多年前的外国的这位前贤的力作，不胜敬服，感慨万千。

约翰逊这个人，很不平凡。他的一只眼差不多盲了，另一只患极度近视。脸上有疤，皮肤患有瘰疬病。虽然经过女王触摸亦未治愈。时常口中念念有词，自言自语，有时用舌端舐着口腔上膛突然向后一抽，发出母鸡似的咯咯声，有时用舌端突然向外一吐做嘟嘟声，有时和人争论之后仰天吐一大口气如鲸鱼喷水。走路先抬左脚或右脚都有一定，走到门口一共多少步也有一定，如果错了需要回转重新走过。他头向右歪斜，身躯前后摇动，手掌不断地搓着膝头，他声若洪钟，他衣衫褴褛，他鞋底上尽是污泥，他吃起东西来狼吞虎咽，油渍可以溅到旁边客人身上。与贵妇同席，可以忽然蹲伏到桌底下偷偷地剥落一只女人鞋。他体格强健，膀大腰圆，有人说他应该以“脚行”为业，他在剧院发现他的座位被人占据而勃然大怒时把那个人连人带椅一起掷到楼下去！约翰逊就是这样的一个怪人。可是他为人正直，心地忠厚，自奉甚俭，而家里却养着一大堆闲人。他的妻子比他大廿岁，肥头大耳，而伉俪感情甚笃。他读书涉猎很广，对于希腊罗马的古典文学作品寝馈尤深，谈话时口若悬河，为文亦气势磅礴。文学家以作品行世，克享大名历久弗衰，唯约翰逊异于是。他以他的特立独行的人格彪炳千古，并不靠任何一部著作。在十八世纪下半叶，他真的称得起“文坛盟主”。一七六四年间成立的“文学社”，那是历史上罕有的风云际会的结合，一共九个人，每星期在酒店中聚餐一次，晚七时起，夜深始散，其中包括演员加立克，画家雷诺兹，诗人小说家高尔斯密，戏剧家谢立敦，政治家柏尔克和他的传记作家鲍斯威尔，而约翰逊实为其中之灵魂。他的一生行谊，他的作品所表现出来的道德的严肃性，使得他成为一个令人敬爱的不朽的人物，他最初成名的作品便是他的字典。我们现在谈谈他的字典，仍然是颇有兴会的事。

文人自古与穷结不解之缘。约翰逊一生潦倒，一起始即沦为文丐。字典是几个出版家提议约请他编的，创议的是书贾道兹雷。在那个时代以一个人的力量编一部字典，是太不容易的事。原计划是以三年为期，事实上是七年才得竣事。鲍斯威尔记载有一位亚当博士自始就怀疑他能在三年之内完成，他提出疑问说："先生，你三年怎能完成呢？"约翰逊说："我毫无疑问三年可以完成。""但是法兰西学院有四十位院士，他们合编一部字典用掉四十年的工夫。"约翰逊的回答是："先生，确是如此。比例是如此的。让我来计算一下：四十乘四十，是一千六百，正是一个英国人对一个法国人的比例。"约翰逊是何等的自负！事实上编字典是他煮字疗饥的手段。约翰逊在二十六岁时结婚，生活一直狼狈，他希望能从这部字典上得到经济上的帮助。编工具书是吃力不讨好的工作，好人不愿意做，坏人做不好。约翰逊若非不得已，不会接受这样的工作。他的字典于一七五五年四月十五日出版，他的老妻于字典出版三年前逝世，他认为最大的悲哀之一便是他的老妻贫苦多年未及亲见字典出版分享他的荣誉。书贾给他的报酬是一千五百基尼，合一千五百七十五镑，雇用助手抄写费用均需从这笔款项中支出，约翰逊的"三年期限"估计错误，拖延到七年之久，其间陆续动用稿酬贴补家用，到了字典出版之时实际已多支了一百余镑之数，翌年且有两度因债被捕入狱，字典给他的经济帮助究有多大可想而知。这真是文人的可怜的遭遇。

约翰逊的字典不是英文的第一部字典，但是在规模上、在分量上、在实质上不愧为第一部重要的字典。最早的英文字典当推一六二三年考克拉姆的字典，虽然在一六二三年以前不是没有性质近于字典的辞书。约翰逊的字典里收的单字大多数是采自前人的字典，但其余的部分都是他自己从各项书籍里检出来的。他的书架上有上千种书，供他检寻单字。他要从各个作家的书里找出每个字的重要用法的例句。他主要参考了三本字典：

（一）倍来的英文字典（一七二一年本）

（二）安斯渥兹的拉丁字典（一七三六年本）

（三）菲利浦斯的英文字典（一六五八年本）

他所参考的书籍，从而摘取例句的书籍都是复辟时代（一六六〇年）以前的作品。他用黑铅笔在借来的字典上及其他书籍上画了记号，然后由缮写员誊录。誊录时在每个单字下面预留空白，由约翰逊填写定义。他共雇用了六名缮写员，其中五人是苏格兰人，都是穷寒之士，后来得约翰逊之恩惠不少。

这部字典的正式标题是："英文字典：所收单字均溯及字源，并从优秀作家采取不同意义之例句。卷首弁以英国文字史及英文文法各一文。"从这标题亦可推测出这部字典的性质。共两册，对折本，定价九十先令，于一七五五年四月十五日在伦敦出版。英国博物院现藏有三部。以后重版多次，第四版（一七七三年）曾经修正，第八版（一七九九年四开本二册）及第九版（一八〇五年八开本四册）亦有改正。但以最后的第十版为最佳，一八一〇年出版，四开本二册。一八一八年陶德之改编本出版，内容颇有增益，较原作多出数千字。以后陆续有删节本、续编本、翻译本、改编本出现，不胜枚举。原本字典，序占十页，英国文字史占二十七页，英文法占十三页。

这部字典在当时可以说是搜罗宏富，定义精审。以著《英国文明史》闻名的巴克尔曾读这部字典以求多识字；诗人勃朗宁也曾熟读这部字典。读字典是不足为训的读书方法，在从前或许不失为一种方法。卡莱尔在《英雄与英雄崇拜》里说："假如约翰逊的作品只留下一部字典，我们也可看出他是一个智力伟大而又实事求是的人。试看他的定义的清晰，内容的坚实、诚恳、透彻，以及其成功的方法，这部字典便可认为是最好的一部了。"

约翰逊最大的短处在于字源方面，因为他不是文字学家，科学的文字学研究在十八世纪还不曾出现。据鲍斯威尔的记载，约翰逊的书架上有朱尼阿斯与斯金纳的书，这两个人都是十七世纪的英国学者，写过关于字源学的书，显然约翰逊对于文字学的知识是不够的。不过此外还另有一个缺点，他时常不能抑制自己的情感与偏见，在定义上露出主观的见解，有时且流于滑稽讽刺。例如：

燕麦——在英格兰通常用以饲喂马的一种谷类，但在苏格兰供人食用。

恩俸——对不做任何等值的服务者之酬金。在英格兰通常认为是对国家雇员之背叛国家者所给付之薪水。

领恩俸者——一个国家的奴才，受雇支薪，以服从其主人者。

编字典者——编写字典的人，一个无害的文丐。

进步党——一个小派系的名字。

骹骨——马的膝盖。

"燕麦"的定义表示他对苏格兰人的厌恶，但是事实上他有好多苏格兰人的朋友，包括鲍斯威尔在内，可见约翰逊这人嘴硬心软。关于“恩俸”两条定义，在后来他自己也领取恩俸的时候（一七六二年），使他感到很尴尬。“编字典者”的定义含有无限辛酸。“进步党”是他所痛恨的，所以不惜加以那样的一条定义。“骸骨”的定义显然是错误的，有一位夫人问他何以要下这样的定义，他回答说：“无知，夫人，由于纯粹的无知。”

最后要谈到约翰逊与柴斯菲德的一段关系。在约翰逊的时代，教育尚不普及，读众因之很少，以写作为职业的人无法以出卖作品的方法得到充分的经济报酬，所以保护人制度一直继续存在。富有的贵族，是最适当的保护人，把一部分作品奉献给他，使他得到名誉，他对作家予以经济上的照拂，这可以说是在不得已的情形下的一种交易行为。约翰逊是一个贫穷而高傲的人，从来不曾有过保护人，他年轻的时候，他的鞋子破得露出了脚指头，有人悄悄地放一双新鞋在他门前，他发现之后一脚踢开。他受不了人家的恩惠。他编这部字典，受了生意人的怂恿，把字典的“计划书”献给了柴斯菲德伯爵。柴斯菲德伯爵是当时的政界显要，曾出使海牙，做过爱尔兰总督，并且是一个有才学的人，他最著名的著作是写给他的一个私生子的《书翰集》。约翰逊，像其他穷文人一样，奔走于柴斯菲德门下，受到他的接待，并且获得小小数目的资助，但是没有得到热烈的欢迎。哪一个贵族家庭愿意看到他们的地毯被一只脏脚污损呢？约翰逊去拜谒伯爵的时候，门人告诉他伯爵不在家，他恼了。据近代学者研究，柴斯菲德有点冤枉，他很忙，把他疏忽了是可能的，但并无意侮辱他。字典将近出版的时候，柴斯菲德从书商道兹雷那里得到了消息，立刻写了两篇文章称赞约翰逊的勤劳，登在一七五四年十一月二十八日及十二月五日的两期《世界报》上。可能这完全是出于善意，不料竟惹起了约翰逊的愤怒，使得约翰逊于一七五五年二月七日写了给柴斯菲德那封著名的信：

伯爵大人阁下：

近承《世界报》社长见告，介绍拙编字典之两篇文字乃出自阁下之手笔。愚过去从无受名公巨卿垂青之经验，今遇此殊荣，诚不知如何接受，何辞以谢也。

忆昔在轻微鼓励之下，初趋崇阶，余与世人无异，窃为阁下之风度所倾倒，不禁沾沾自喜，自以为“世界之征服者”亦不过如是矣；举世竟求之恩宠，余从此可以获得矣；但余之趋候似不受欢迎，自尊与谦逊之心均不许我继续造次。昔曾公开致书阁下，竭布衣之士所能有之一切伎俩以相奉承。余已尽余之所能为；纵微屑不足道，但任何人皆不愿见其奉承之遭人轻蔑也。

阁下乎，自余在尊府外室听候召见，或尝受闭门羹之滋味以来，已七年于兹矣！在此期间，余备尝艰苦，努力推进余之工作，终于将近杀青，曾无一臂之助，无一言温勉，无一笑之宠。此种遭遇非余始料所及。因余以前从无保护人也。

维吉尔诗中之牧羊人终于认识爱情之真面目，发现爱情乃如山居野人一般之残酷。

所谓保护人者，阁下乎，岂见人溺水做生命挣扎而无动于衷，方其抵岸乃援以手耶？今谬承关注余之艰苦工作，设能早日来到，则余受惠不浅矣。但迟迟不来，今则余已不复加以重视，无从享受；余已丧偶，无人分享；余已略有声名，不再需要。对于不曾从中受益之事不表感激，关于上天助我独力完成之事不愿世人误为得力于保护人，此种态度似不能视为狂傲无礼也。

余既已进行工作至此阶段，曾无任何学术为人眷顾，则于完成工作之际如遭受更少之眷顾，假使其为可能，余亦将不觉失望；因余已自大梦初醒，不复怀有希望，如往昔之怀抱满腔热望，自命为

阁下之最低微最忠顺之门下士

约翰逊

这一篇文情并茂的文字一直被后人视为近代文人的“独立宣言”。因为这是最富有戏剧性的对于保护人制度的反抗。此后保护人制度即逐渐被社会的广大读众所代替。作家不必再看保护人的眼色，但是要看读者大众的眼色！这一封著名的信直到一七九〇年鲍斯威尔才把它正式发表，售价半基尼。

桑福德与墨顿

儿童读物除了具备高度趣味之外，总不免带有教育的意义，或是旨在益智，或是注重道德修养。过去的儿童读物有些特别成功的，流传至今，成为古典，其所描写必定是千古不变之人性，纵然其故事部分情节或已成明日黄花，其中议论或有不合现时潮流之处，但趣味犹存，无伤大雅。读十八世纪英国的一部小说《桑福德与墨顿的故事》（*The History of Sandford and Merton*），作者是陶玛斯·戴（Thomas Day），深觉一部作品之经得起时间考验，必有其永恒之价值。

陶玛斯·戴是伦敦人，一七四八至一七八九年，出身牛津及中殿法学院，毕生致力于道德的与社会的改革运动。其最著名的作品便是一七八三至一七八九年出版的《桑福德与墨顿的故事》，好像是专为儿童阅读的，虽然他没有打出“儿童文学”的旗号。

英国西部有富翁墨顿者，在牙买加岛拥有巨产，雇用奴工种植甘蔗，仅有一子陶美，钟爱异常。陶美在奴仆环侍之下养成骄奢狂放的恶习，其母又溺爱不明，不使读书，任其随心所欲。贪食致病，不肯服食药饵，亦听之。在宾客面前毫无礼貌，跳梁恣肆，有一回几被一壶沸水烫死。身体羸弱，弱不禁风。陶美六岁时返回英伦，四体不勤，读写算一概不通，而骄傲使气，无一是处。墨顿家附近有一诚实农人，姓桑福德，亦有一独子，名哈利，与陶美年相若，哈利奔驰田野，体健活泼，性情良善，特富同情心，有时泽及动物，地上昆虫亦避免践踏。乡村牧师巴娄先生特喜爱之，教以读写，提携备至。哈利养成不诳语之习惯，而且不贪食。食取果腹，饱食之后虽糖果当前亦不顾。一偶然之机会使此身世性格全然不同的两个孩子聚在一起。一日夏晨，陶美与女婢在乡间采花捕蝶为戏，丰林长草之间忽然巨蛇缠在陶美腿上，二人惊骇欲绝，不知所措。哈利适过其地，乃奋勇抓住蛇颈，掷之于数步之外，陶美得免于难。墨顿夫人等闻讯而来，对哈利·桑福德深表感激，乃邀至其家，款以饮食。哈利初入豪富之寓邸，所闻所见无不新奇，然不为之炫，以为金杯银盏不及农家牛角杯之禁得起磕碰。饭后饮酒，哈利又拒之，盖受巴娄先生之教，非渴勿饮，非饥勿食，墨顿夫妇大异之，以为哈利在巴娄教导之下深明道理，俨然哲学家之口吻，乃有送陶美亦去受教之意。哈利回家之后，以经过告知乃父，力言富室之家不及农舍之舒适。

墨顿夫人以为哈利豪爽善良，但嫌粗鲁，中下层社会之子弟究不如时髦人士家中子弟之高雅，墨顿先生的想法不同，仪表风度无关宏旨，且容易学习，真正的文质彬彬的君子应有高尚的情操、出众的勇敢，益以真诚的礼貌，于是他决定送他的陶美到巴娄先生处受教育，并且造访桑福德，请以哈利为陶美之读书伴侣，哈利之一切食宿费用由他负担。巴娄先生初则谦逊不遑，终于接受了他的请求。翌日正式教学，第一桩事是巴娄先生持铲，哈利持锄，在园圃做工。“要吃东西，就要帮助生产。”陶美也分得一畦地，而陶美说：“我是绅士，不能像农夫似的做苦工。”巴娄先生也不勉强他，但是巴娄完工之后和哈利食樱桃，没有他的份，陶美哭了。等到吃晚饭的时候，也没有他的份。哈利于心不忍，把自己的食物分给他吃。

翌日，巴娄先生和哈利又上工做园艺，陶美自动要求也要一把锄。他不会使用，屡次砍了自己的腿，巴娄先生教他如何挥动锄头，不久他就会了。工作完后一起吃水果，陶美胃口大开，其快乐为生平所未有。巴娄要他读个故事给大家听，他又窘了，他不能读，只好由哈利来读。陶美因此发愤，请哈利教他读，由识字母起进展很快，不久读故事已能朗朗上口，巴娄先生亦为之欣喜不已。陶美得意忘形，自以为知识已丰，巴娄先生诫之曰：“若无人帮你，你一无所知，即是现在你亦所知甚少。”

陶美非驽，学习很快。但是他对贫苦的人傲慢无礼，有一次吃了苦头。他击球落于篱外，适有衣衫褴褛的儿童经过，陶美以命令口吻令他拾捡起来。童子不理，遂生口角。陶美大怒，跃过篱笆欲饱以拳，不料下临泥沟，陷入污泥而不能自拔，赖童子援手始得出困，浑身泥染，狼狈不堪。

陶美和哈利合作造一间茅舍，初则风吹壁倒，继则雨水渗漏，他们不气馁努力改善，深深打桩以固墙基，无虞风暴，屋顶倾斜使不积水，即可不至渗漏。

有一天，陶美的父亲突然来接他回家，陶美已完全变了一个新人，他哭哭啼啼地说：“我过去累及父母，实在不配享有那样的爱。”桑福德先生也来了，墨顿把他拉在一旁，除了申谢之外他以数百镑的钞票作为赠礼，桑福德坚不肯受，而墨顿则坚求其收下。陶美临别时对哈利说：“我不会和你离别太久的，我如有寸进皆是由于你的榜样。你教导了我，做一个有用的人比富有或华丽好得多，做一个好人要比伟大的人好得多。”

故事的梗概约略如此，其中还穿插着若干短篇故事。这部小说在当时流行很广，许多父母教导儿女：“读你们的《桑福德与墨顿》去！”显然这部小说是受卢梭的教育小说《爱弥儿》的影响，但是在自由主义的教育精神之外，又加上了道德教训，这就是英国民族性和法国民族性不同的地方。

纳　什

美国的打油诗大家纳什（Ogden Nash）于一九七一年五月十九日病逝，享年六十八岁，我开始读他，是由于前几年余光中先生送给我一本 *The Golden Trashery of Ogden Nashery*。这部诗选集的题名就可笑，正合于纳什的作风。纳什喜欢使用稀奇古怪而听起来也很合辙的脚韵，有时为了凑韵而不惜制造有趣的新字。他不拘章法句法，有时短短两行，有时一行长到好几十个字。其内容有时是轻松的嘲笑，有时是严肃的讽刺。他的诗曾受到广大读众的欢迎，一九四四年二月出版的纸面袖珍本诗集，一年之内销了七十六万五千册。

下面一首《日本人》是用传统的方法写的，没有特殊的章法韵法，但是讽刺的意义十分强烈。

日本人

日本人有多么彬彬有礼；
他总是说：“请原谅，对不起。”
他爬进了邻居的花园，
他微笑着说：“我请你多包涵。”
他鞠躬，很友善地咧嘴一笑，
把他一群饥饿的家人招来了；
他咧嘴笑，然后友善地鞠躬；
“真抱歉，现在这是我的园庭。”

《大街》

《大街》是美国辛克莱·路易斯（一八八五——一九五一）的重要作品之一，刊于一九二〇年。中文译本张先信译。

厚厚的一部小说，拿在手里几乎像是一块砖头似的重，能令人从头看到尾，这就不简单。一个故事并不等于是一部小说，可是一部小说一定要有一个故事。《大街》的故事是这样的——

凯洛尔·密尔福特是美国明尼亚波利斯附近一所小型学院的毕业生。她在学校里是相当活跃的，有多方面的兴趣，有轻盈的体态，有反叛的性格，有改革家的抱负。毕业之后在芝加哥学习图书馆学。后来在一个偶然的机会里遇到了维尔·肯尼柯特，他是明尼苏达州地鼠草原的一位医师，此人性情和善，头脑冷静，但无太多的想象，比她大十二三岁。一个秀丽少女和一个富裕的未婚男子遇在一起，发生恋爱是很自然的事，那种关系是“生理和神秘的混合”。结果是他们结婚了。她当然是跟了他到地鼠草原去，去做家庭主妇，但是她并不志在做家庭主妇。他告诉她，地鼠草原需要她去做一番改革。

可惜一到了地鼠草原，凯洛尔大失所望，原来那地方是风气闭塞的穷乡僻壤，人民抱残守缺，愚蠢落后，并不欢迎改革。那条大街便是标准的丑陋的标志。“传统的故事为什么都是谎话？人们总把新娘进门形容得美好无比，认为姻缘都是十全十美。实际上完全不是那么一回事。我现在没有任何改变。而这小镇——我的天哪！我怎能住得下去，这是一座垃圾堆！”她的丈夫很满意于他的家，他说：“这是一个真正的家！”他唱起灶神歌：

我有一个家，
可以随心所欲，
随心所欲，
这是我和妻儿的窝，
我自己的家！

他不是不明白凯洛尔的心情，他说：“我不期望你认为地鼠草原是天堂。我也不期望你一开头就特别喜欢这个地方。但是慢慢地你会喜欢它的——在这里，自由自在；所接触的都是世界上最好的人。”

但是事实上凯洛尔所接触的净是些庸俗而鄙陋的人。他们喜欢的是瞎嚼咀，玩桥牌，谈汽车，打猎捕鱼。

她的家庭内最初一场风波是因钱而起，她手里没有钱，有时候很穷。“我用钱的时候必须向你恳求，每天如此！”于是他塞给她五十块钱，以后总记得按时给她钱。

在校园中她努力应付，但是究竟品类不同，难以水乳交融。有几个人比较谈得来。例如，她丈夫从前追求过的一位女教师维达·薛尔文，一位有学问的律师盖·包洛克，一位瑞典的流浪汉迈尔斯·勃尔斯泰姆。但是在凯洛尔的生活中引起轩然大波的，是新来镇上在一家裁缝店里工作的二十五岁的小伙子。他名叫埃里克·华尔柏，瑞典人，大家取笑他，说他的服装和言谈都有点女人气，称他为“伊丽莎白”。凯洛尔觉得他“光芒四射，与众不同……从他的脸上可以看到济慈、雪莱……”她径自到裁缝店去见华尔柏，谈得甚为投机，以后便常有来往，一同出去散步、划船。有一天乘医师不在家，他溜进她的院子，她引他入室，登楼、参观卧室……然后“她不禁全身瘫痪，头往后仰，两眼微闭，陷入一阵多彩多姿的迷惘”。男女之事，有太多的人喜欢做义务的传播，于是风风雨雨，她的丈夫焉能不有所闻？有一次撞见他们在野外，遂使事情到了摊牌阶段。肯尼柯特一点儿也不鲁莽，只要求她和他一刀两断，并且以引咎的口吻向她解释说：“你明白我的工作性质吗？我一天二十四小时，马不停蹄地在泥浆和大风雪中到处奔跑，拼命救人，不分贫富，一视同仁。你常说这个世界应该由科学家来统治，不应该让热狂的政客来统治，你难道不明白我就代表着此地所有的科学家吗？”言外之意是说，莫怪一个做医师的丈夫为工作所限制而无暇和你经常地谈情说爱。事实上，除了无暇之外，这位医师的气质也是一个问题。凯洛尔敬重他，但很难在爱的方面得到满足。多少妻子因此饮恨终身而不敢表达她的衷曲！这一场风波的结果是夫妻外出旅行三个半月。凯洛尔随后离家，远赴华盛顿觅得一份工作，但是一年后对工作也不无厌倦，“觉得自己不再是一个目中无人的哲学家，只是一个已经衰老的女公务员”。她的丈夫到华盛顿来看她，对她说：“我希望你回来，并不请求你回来。”最后，凯洛尔回去了，可是并不觉得自己完全失败，她于表现反抗精神之后回到地鼠草原继续做一个贤妻良母，继续对社区活动积极参加。

这样的一个故事，平铺直叙，很少曲折。背景是美国中西部的一个小镇，时间是第一次世界大战前后，主要人物与情节是一对夫妻的悲欢离合。作者对于庸俗的乡镇做了深入的讽刺，对那些知识浅陋、头脑顽固、胸襟狭隘，而又自满自足的人物做了相当含蓄的攻击。我们要注意：这庸俗与阶级无关。哪一个阶层都有它的庸俗分子与庸俗见解。《大街》里的人物包括了上中下三个阶层，各有其可厌的人物画像。凯洛尔值得同情，但是肯尼柯特不仅值得同情而且值得敬重。一个家庭应该由男人做一家之主，使女人沦于奴隶地位，以烧菜洗盘断送其一生吗？一个女人应该接受传统环境所炼成的缰锁，在感情生活方面永远受着压抑，而不许越雷池一步吗？这样的问题，《大街》都提出来了，虽然不曾说出明确的答案。文学作品的目的，就是要提出问题，而不是一定要提供答案。像《大街》这样一部有名的小说，在美国现代文学中已有定评，中译本前无序言，后无跋语，我想这缘故大概即是要读者自己去体会其中的意义。最后应该一提的是译者张先信先生的译笔既忠实又流利。

《不管怎样》

法国大革命揭示“平等，自由，博爱”，对英国文学产生很大的影响。最能表现这种精神的作品，应推苏格兰诗人彭斯的一首歌《不管怎样》（*Robert Burns: For A' That*）。彭斯是一个贫苦的佃农，没有受过多少正规的教育，但是他有奔放的热情，有独立自尊的性格，有自然诗歌的禀赋。这首歌不仅反映了那个时代所特有的反抗精神与独立平等的要求，实际上也是维护人类尊严的有力呼声，至今读之依然觉得虎虎有生气。诗不好译，这首歌更难翻。其中没有奥义，平易近人，但是其中的热情与节奏都很难用中文表达出来。有人说这首歌的价值在美国《独立宣言》及法国的《马赛进行曲》之上，这也许是过甚其词；不过这首歌的价值确是不比寻常。粗略的意译之如下：

不管怎样

可有人为了贫苦

就低下头，等等？
那是懦夫，不值一顾——
不管怎样，我们不怕穷！
不管怎样，不管怎样，
我们的低贱苦工，等等，
爵位不过是金币上的烙印，
不管怎样，人品才是金。
我们粗茶淡饭又该怎样，
穿粗灰布衣，等等？
让浑蛋穿绸，坏蛋喝酒——
不管怎样，人总是人。
不管怎样，不管怎样，
他们是虚有其表，
诚实的人，无论多穷，
才是人中之王。

你看那小子，人称“爵爷阁下”，
趾高气扬横眉竖眼的怪相。
纵然成千成百的人听他的话，
他是个蠢材，不管怎样。
不管怎样，不管怎样，
他的绶带，他的勋章，
一个有独立人格的人

看他一眼会笑出声。
君王能册封一个佩勋带的爵士，
侯爵，公爵，等等！
但是造一个诚实的人，他无能为力——
老实讲，他不能！
不管怎样，不管怎样，
他们的爵位，等等，
有头脑有自尊心的人，
地位在他们之上。
那么让我们来祈祷，
（那日子会要来临，不管怎样，）
世上有知识有本领的人
终归能扶摇而上！
不管怎样，不管怎样，
那日子会要来临，
四海之内，人对人
像兄弟一般，不管怎样。

《扫烟囱的孩子》

布莱克富于幻想，且多神秘色彩，但是他也有现实的一面，对社会上不公道的事情不惜痛加讽刺。两首《扫烟囱的孩子》（*The Chimney Sweeper*）便是很著名的一例。一首见《天真之歌》，一首见《经验之歌》。天真与经验是人生两个境界，同时存在，而且不分轩轾。布莱克的诗往往是成双做对的，题旨是一个，而境界不同。要了解这两首诗，须先明了英国十八世纪晚年所谓“扫烟囱的”是怎样的一种人。

伦敦一般住家的房屋都有一个烟囱，下面通着火炉或壁炉，烟囱或大或小，或直或曲，都是作为排烟用的。烟熏火燎，日久烟囱内积存烟灰，便需要有人来打扫。扫烟囱的便是应运而生的专门做这一行生意的人。烟囱里面空间有限，尤其是小烟囱，一个人带着一把扫帚在里面折腾不开，若是由小孩子爬进去便灵便得多。所以扫烟囱的招收学徒，六七岁的孩子可以应征，甚至四五岁的也可以。男女兼收。通常学徒学艺，家长要付师傅学费，扫烟囱的则反而倒贴家长一笔钱，由二十先令以至五基尼（一基尼为二十一先令）不等，学徒时间为七年。期满之后，孩子长大了，小烟囱也钻不进去了。出师之后也不见得能够独立营生，因为生意有限，人浮于事。而且经过七年的折磨，在直径不过九英寸甚至七英寸的烟囱里面蜿蜒钻爬，以致膝盖扭曲，脊椎和踝骨也变得畸形，男孩的阴囊因接触烟灰过多而生癌，呼吸系统受损，眼睛红肿发炎。所以事实上已不能工作。大部分学徒的起居环境不堪闻问，清早起来沿街呼唤“扫呀！扫呀！”一天工作下来，拖着整麻袋的烟灰，回到阁楼或地窖的卧处，有时就睡在麻袋上面。有时六个月难得洗澡一次！他们钻进窄小的烟囱是被逼迫的，用手掴，用杆子打，用针刺脚心。钻进烟囱则需用膝用肘，一点一点地蠕动而上，膝肘摩擦成伤，半年之后则生厚茧。有时钻到烟囱弯曲处而被卡住，进退两难，有窒息之虞。孩子钻烟囱有时是一丝不挂的，因为衣服占空间，而且容易扯破，皮肤破则比较不足惜。也曾有人衣以皮革之服，但不久即放弃，因烟囱内闷热难当而且革衣反易烤坏。这些孩子赤身在烟囱里打滚，其形状可以想见。他们星期日为了好奇而溜进教堂，曾有被驱逐出门的情况，这一群孩子已被视为化外之民，永无出头之日，不如黑人之犹有解放的一天。一七八八年国会通过《扫烟囱者法案》，乃是由于韩威氏八年奋斗呼吁而来的成果，孩子们的待遇稍获改善，如规定一星期至少洗澡一次、准许其进入教堂，等等。（以上事实采自 Nurmi 的一篇论文，见一九六四年纽约公共图书馆刊。）

布莱克的两首诗就是在为这一群不幸者呼吁改善待遇声中写

的，其人道主义的精神与讽刺的手法是很感人的。粗译如下：

（一）

母亲死时我还年纪小，
我父亲就把我卖掉了，
那时我还不会喊“扫！扫！扫！”
于是我给你们扫烟囱，在烟灰上睡觉。

那是陶姆·达克尔，头发卷得像
羊背上的毛，剃头那天他哭了；我对他讲
“住声，陶姆！不要紧，你头上剃光，
烟灰就不会把你的白发弄脏。”

于是他止哭，就在那天晚上
陶姆睡后梦见奇怪的景象！
狄克、周、奈德、杰克，成千扫烟囱的，
都被关闭在一具黑棺材里。

来了一位天使，手持一把闪亮的钥匙，
他打开棺材，把他们全部开释；
他们欢乐跳跃地走下绿色平原，
在河里洗澡，在阳光下取暖。

一身赤裸白净，口袋丢在一旁，
他们跳上云端，在风中徜徉；
天使告诉陶姆，如果他是乖小孩
上帝是他父亲，永不缺乏愉快。

陶姆醒了，我们在黑暗朦胧中，
提起口袋扫把开始去做工。
虽然清晨寒冷，陶姆快乐暖和，
所以人只要尽职，不用怕灾祸。

（二）

雪中一个小小的黑东西，
喊着“扫！扫！”音调惨兮兮！
“你的爸爸妈妈呢？你说呀？”
“他们双双到教堂祈祷去啦。”

“因为我在荒原上很快乐，
大雪霏霏之中还露着微笑，
他们给我穿上一身黑衣服，
教我唱出悲伤的音调。”

“因为我快乐，又舞又唱，
他们以为没有给我什么损伤，
所以去赞美上帝、牧师和国王，
把我们的苦难看成了天堂。”

前一首末行是反语，所谓“尽职”，尽什么职？无非是一年到头地钻进黑棺材一般的烟囱里去做苦工而已。所谓“灾祸”，什么灾祸，无非是临阵怯场受师傅的酷刑而已。后一首好像是更深刻一些，写教堂和信教的人士之虚伪冷酷。在布莱克之后，查尔斯·兰姆有一篇文章《赞美扫烟囱的人》，托马斯·胡德也写过一篇《扫烟囱者的怨诉》，都是文情并茂，但究不及布莱克的这两首诗之要言不烦。

《忽必烈汗》

英国浪漫诗人柯勒律治的短诗《忽必烈汗》，是在梦中作的，是五十四行的一首残篇。据作者小序，一七九九年因健康关系隐居乡间，一日偶感不适，服下止痛药，昏然入睡，时正在座椅上读《珀切斯游记》，读到这样的一行：“忽必烈汗下令在此兴建一宫殿，附有富丽的花园。于是此围墙圈起十里肥沃的土地。”熟睡三小时中竟成一诗，不下二三百行，醒后犹能全部记忆，不幸突有人来把他唤了出去，再回室中即感记忆模糊，只有八行十行尚留有深刻印象，勉强追忆，成此断片。这情形略似我国宋时潘大临所称：“秋来景物，件件是佳句，恨如俗氛所蔽翳，昨日闲卧，闻搅林风雨声，欣然起，题其壁曰：‘满城风雨近重阳’，忽催租人至，遂败意，止此一句。”所不同者，一是客来搅了梦忆，一是客来败了诗兴，都是煞风景。柯勒律治还能写出五十多行，比一行七字幸运得多。

柯勒律治这首诗不好译，因为原诗利用子音母音的重复穿插，极富音乐的效果，表现出神秘的气氛。兹译其大意如下：

忽必烈汗下令
在上都兴建华丽的夏宫；
就在圣河阿尔夫穿过
无数深不可测的地窟
注入昏黑大海的那地方。
于是十里肥沃的土地
用城墙城楼来圈起；
林园鲜美，小溪盘绕，
芳香的树上绽开着花朵；
还有森林，与丘陵同样的老，
拥抱着阳光照耀的片片芳草。

但是啊！那浪漫的深渊万丈，
横过一片杉木林，由绿坡上倾斜而下！
蛮荒之地！其神秘就像
一个为失去的魔鬼情人而哭号的女人
在月色朦胧之下经常出现的地方！
从这深渊，以无休止地喧豗沸腾，
好像大地在急剧喘息一样，
一股巨泉不时地喷射出来；
在那间歇的急速迸发之际

巨石飞跃，有如跳荡的冰雹，
又如打谷的连枷之下的谷粒；
这些巨石在跳荡之间
把圣河一阵阵地掷上了地面。
圣河穿过森林、峡谷，
曲折地流了五里之遥，
然后到达那巨大的地窟，
咆哮着沉入死沉沉的大海；
在这咆哮声中忽必烈遥遥听到
祖先发出的战争预告！
夏宫的阴影
漂浮在中流波上，
那里可听到喷泉与地窟
混杂的音响。
那是罕见的巧夺天工，
有阳光而又有冰窟的夏宫！

我在梦中曾见
一位带着弦琴的女郎；
是一位阿比西尼亚的姑娘，
她敲打着她的琴弦，
歌唱着阿波拉山。
我若能把她的歌声琴韵

在我心中重唤起，
使我深深地感到欢欣，
靠了音乐的洪亮悠久的力量
我会凭空造起那座夏宫，
那座夏宫！那些地窟！
闻声的人都可亲眼看到
都要大叫，当心啦，当心啦，
他的闪亮的眼睛，他的飘飞的头发！
三次作圈围绕着他，
戒惧地把眼睛闭起，
因为他已吃了甘露，
喝了天上的香乳。

《造谣学校》

好的文学作品，不分古今中外，亦不拘是否反映了多少的时代精神，总是值得我们阅读的，谢立敦的《造谣学校》（*Sheridan: The School for Scandal*）即为一例。

谢立敦是英国的戏剧作家，生于一七五一年，卒于一八一六年，原籍爱尔兰。英国有许多喜剧作家都是爱尔兰人。爱尔兰人好像有俊俏幽默的民族性，特别宜于刻画喜剧中的人物。《造谣学校》是他的代表作，布局之紧凑，对话之幽默、俏皮、雅洁，以及主题之严肃，均无懈可击，上承复辟时代喜剧的特殊作风，下开近代喜剧如萧伯纳作品的一派作风，全属于“世态喜剧”的一个类型。

《造谣学校》主要布局是写两个性格不同的弟兄，弟弟查尔斯是一个挥霍成性的浪荡子，但是宅心忠厚禀性善良；哥哥是表面上循规蹈矩，满口仁义道德的文质彬彬的君子，实则是贪婪伪善的小人。经过几度测验，终于露出了本来面目，显示了无所逃遁的真形，其间高潮迭起，趣味横生，舞台的效果甚好。像这样的布局，在戏剧中并不稀罕，但是背景的穿插布置颇具匠心，所以能引人入胜。最能令人欣赏的不是戏中所隐含的劝世的意味。戏剧不是劝善惩恶的工具，戏剧是艺术，以世故人情为其素材，固不能不含有道德的意义，但不必有说教的任务。此剧最有趣味的地方之一应该是司尼威夫人所领导的谣言攻势。此剧命名为《造谣学校》，作者寓意所在，亦可思过半矣。

长舌妇是很普遍的一个类型，专好谈论人家的私事，嫉人有、笑人无，对于有名望、有财富、有幸福生活的人们，便格外地喜欢飞短流长，总要“横挑鼻子竖挑眼”地找出一点点可以訾议的事情来加以诽谤嘲笑，非如此则不快意，有时候根本是空穴来风，出于捏造。《造谣学校》一剧有很著名的一例：

> 有一晚，在庞陶太太家里聚会，话题转到在本国繁殖诺瓦斯考西亚品种羊的困难。在座的一位年轻女士说：“我知道一些实例，丽蒂夏·派泊尔小姐乃是我的亲表姐，她养了一只诺瓦斯考西亚羊，给她生了一对双胞胎。”——“什么！”丹狄赛老太婆（你知道她是耳聋的）大叫起来：“派泊尔小姐生了一对双胞胎？”这一错误使在座的人哄堂大笑。可是，第二天早晨到处传言，数日之内全城的人都信以为真，说丽蒂夏·派泊尔小姐确实生了胖胖的一男一女；不到一星期，有人能指出父亲是谁，两个婴儿寄在哪个农家养育。

谣言是这样的，有人捏造，有人传播，传播的时候添油加醋，说得活灵活现，听的人不由得不信，说派泊尔小姐生了双胞胎，这还不够耸动，一定要说明其细节才能取信于人，所以双胞胎是一男一女，生身父亲是谁，寄养在什么地方，都要一一说得历历如绘，不如此则不易取信于人，这是造谣艺术基本原则之一。再如一个女人的年龄永远是一项最好的谈论资料。如果一个女人驻颜有术，则不知有多少人千方百计地要揭发她的真正年龄，种种考据的方法都使用得上，不把一位风姿绰约的女人描写成一个半老徐娘则不快意。如果一个女人慷慨豪迈，则必有人附会一些捕风捉影的流言，用一些谰言套语，暗示她过去生活的糜烂。对女人最狠毒的诽谤往往来自女人。《造谣学校》里的几位夫人、太太是此道的高手。捏造谣言的，其心可诛；传播谣言的人，其行亦同样的可鄙；而假装正经表面上代人辟谣，实际上加强诬蔑者，则尤为可哂，例如，《造谣学校》中的坎德尔夫人即是。彼特爵士说："当我告诉你她们诽谤的人是我的朋友，坎德尔夫人，我希望你别为她辩护。"因为她越辩护，越加深了那诽谤的效果。

彼特爵士说："上天做证，夫人，如果他们（国会）以为戏弄他人名誉是和在花园里偷取猎物一样的严重，而通过一个'保存名誉法案'，我想很多人要因此而感谢他们。"司尼威夫人说："啊，主啊，彼特爵士，你想剥夺我们的权利吗？"彼特爵士说："是的，夫人；以后不准任何人糟蹋人的名誉，除了有资格的老处女和失望的寡妇。"这是讽刺。遏止谣言不能寄望于立法。我们中国有一句老话：流言止于智者。流言到了智者的耳里，即不再生存。可惜的是，智者究竟不多。

尾生之死

《庄子·盗跖篇》："尾生与女子期于梁下，女子不来，水至，不去，抱梁柱而死。"

一

尾生张目一望：
尽是一片冷僻的荒场！
"我若和我的爱人约会，啊
可在那方！"

他怕那灿烂锦簇的人间，
那里人们的心情烟消火灭的寂静，
那里人们板起冷酷的面孔，
那里是蹙杀生机的雪地冰天！

尾生独自盘想，
尾生和他的爱人细细地商量：
“黄昏时候，桥梁下，
倒好尽情地欢会，叙诉衷肠。”

二

尾生无心人事，
心里满蓄着甜蜜的希望；
他渴盼着黄昏，
不由得诅咒了斜挂的夕阳。

他把镂心刻骨的积愫，
一桩桩地重新细理，
准备着和她相晤，
一缕缕地向她倾吐；
紊缠的相思越理越乱，
蠕动的时间越移越慢，
他此刻的心花
蠕得像春之花一般绚烂。

三

乡村的灯火莹莹，
深林的犬吠唁唁；
尾生佩着紧张的心弦
到桥下守着爱人的约信。
桥下一泓流水
潺潺地奏着琮琤的仙乐，
桥畔一幅草茵
阵阵地放出鲜湿的香馥：

这正是情人们的逋薮，
这正是情人们密会的时候：
尾生的心兀自忡忡，
“为什么不见我爱的踪影？”

四

桥上死沉沉的渺无声息，
只有归去的牧群蹒跚地徜徉……
独有他的爱人的踏步，
总不蹬然来吼他的心房！

退了金辉宝座的夕阳
引致得一片暮霭弥漫；
“吾爱终要陪着西升的月亮，
追踪到这昏黑的桥畔？”
尾生守着桥梁凝想：
爱人来时，何等的醉人模样！
但是，他的开花的希望，
只在死灰的黄昏里彷徨。

五

“爱人啊！黄昏深了！
你若步出这寥廓的荒郊，
也该看到这冷清的桥下，
一星爱火正在燃烧。

“爱人啊！月儿吐了！
满地渲染着绰约的树影。
你若终于像石沉大海，
可不枉负了良辰美景？

“爱人啊！晚潮涨了！
渐渐地要漫上了桥梁！

渐渐地要浸灭我的爱火，
爱人啊！你倒是来不来啊？”

六

桥下的汐流，汹涌澎湃，
尾生的身躯半浸在水里；
他的鲜红地燃烧着的心
要像珊瑚一般沉下水去。

天色黑到不可辨了，
远远的灯火像无数只泪眼
对着这个忠诚的波臣
发出同怜的抖颤。
他紧紧地抱住了桥梁，
如他搂抱他的爱人一样；
任洪水涛天，任汐潮泛滥，
“既是要约啊，终于要相见。”

七

尾生仿佛看见洛神的模样，
彩裳凤髻，姗姗地履在水上；

但和他的爱人有些不同，
爱人的眼里有热爱的光芒。
尾生仿佛听见活活的流水，
忽地奏起叮当的音响；
但是不似爱人的语声
声声地打入心房。

潮水溢上了尾生的顶，
溢到桥梁一样的平——
只是一片茫茫的水
在茫茫的夜里徐行……
尾生就这样地抱住了桥梁，
如他搂抱他的爱人一样，
爱人始终不来，
尾生也始终抱着桥梁不放。

（原载一九二三年四月清华文学社初版《文艺汇刊》）

荆轲歌

荆轲放歌

盘有狗肉，
樽有美酒；
英雄满座，
听我狂歌。
白云漫漫，天日无光，
谁人知道我心肠？
酒入了愁肠，
浇遍块垒，
烧热了我的胸膛。

朋友啊，
我的血在沸腾，

我的剑在哀鸣——
趁满腔热血，
竟溅上谁家的门庭？

（拔剑起舞）
像不羁的西风，
扫落叶，
卷残云，
仗这霜芒利剑，
杀尽天下的奸雄！
（众惊起合呼）
杀尽天下的奸雄！

（荆轲就座）
朋友们，
有酒须当醉，
更尽一杯！

荆轲悲歌

我痛恨强秦，
我痛恨强秦，
张开血盆似的巨口，

要把六国一气侵吞。

夸什么豪杰之士！
说什么血气之伦！
眼看着：
秦兵像疾风暴雨，
吹到了易水之滨。
要劫掠燕人的子孙，
要盘踞燕人的祖坟！
樊将军，
你来自西秦，
秦王一心一意只贪求
悬重赏购你的头。
好朋友！
更尽一杯忘忧酒。
铲除天下的凶邪，
果是谁的职守？

趁胸有余烬，
趁血有余温，
朋友们，
且开怀痛饮，
且开怀痛饮！

荆轲歌

空气何芬芳，
细乐何悠扬，
我们醉醺了醇酒，
在梦境里面徜徉。

（众和）
徜徉，徜徉，
原是幻梦一场！

你们的绣裳凌乱，
像是风里蝴蝶。
你们的倩影翩翩，
像是残春花谢。

（众和）
花谢，花谢，
且看秋风黄叶！

卿在鼓琴，
我在低歌，
谁说良朝胜景，

任他等闲蹉跎?

（众和）
蹉跎，蹉跎!
怕你壮年虚过!

空气何芬芳，
细乐何悠扬，
我们醉醺了醇酒，
在梦境里面徜徉。

（众和）
徜徉，徜徉，
原是幻梦一场!

荆轲歌（对秋纹）

听，听那飒飒的秋风，
鬼吟般，吹入了园庭!
秋纹，我们将像彩云，
横被冲散在那天空!

我爱你的琴声哀怨，

像一颗颗泪坠玉盘；
我也爱秋风的萧萧，
像万千士卒的鼓噪。

今朝啊，有琴歌相和，
且尽情地大家欢乐。
来日啊，我独葬荒丘，
你独看陌头的杨柳！

秋天是流血的节候，
秋天是洒泪的辰光，
血染在枫树的枝头，
泪滴在情人的心上。

秋纹！且住了你的琴声，
我不知何如这般惶恐。
听，听那飒飒的秋风，
鬼吟般吹入了园庭！

荆轲歌（致燕太子）

燕太子，请从此辞！
我此去拼着一死，

把万恶的秦王刺，
雪我燕人的耻。
一年来承你知遇，
把我当上卿尊礼：
剜了马肝来佐酒，
我今朝也肝胆披沥！

我荆轲清贫如洗，
孤零零无忧无虑，
人生难得一知己，
谨把此生献给你！

宫殿里美女如云，
谁个比得我秋纹？
数月来低唱浅酌，
今朝竟孤雁失群！

秋纹！是国事迫紧，
太子的义高情深，
我挺身独入西秦，
从此永诀了，秋纹！
燕！灿烂的祖国！
谨拜别你的锦绣山河！

谁说贼人的巢窟，
不是男儿的死所？

我不管事败功成，
把颈血且溅秦廷，
让秦王雄心慢逞，
嗅嗅燕人的血腥！

别了，别了，朋友们，
且听候我的好音。
漠漠河边秋月夜，
莫忘了为我招魂！

（原载一九二五年七月十五日《大江季刊》一卷一期，
系梁实秋为顾一樵剧本《荆轲》所作的歌词）

莎士比亚的墓志

莎翁夫人

一九六九年十一月二十四日报载：

【合众国际社英国斯特拉福顿二十二日电】今天一场大火烧毁了莎士比亚夫人童年故居的三分之一，但官员们希望能在明年游季以前，及时修复损坏部分。

莎士比亚纪念中心主任福克斯说，调查证明火灾是因电线走火而起，他又说，纵火的可能性“并未排除”。

福克斯称赞救火员，拯救了一座最具历史性，保存了五百年的茅草屋顶的农舍，该农舍自一八九二年来，一直为英国重要的名胜。

据推测，在十六世纪末期，哈撒韦小姐嫁给莎士比亚以前，一直居住在那里。

每年大约有二十五万人参观该农舍。

莎翁夫人安娜·哈撒韦是一个不幸的女人。她比莎士比亚大八岁。莎氏在《第十二夜》第二幕第四景写下这样的句子：

> 女人永远要嫁一个比她大些的，她才能适合他，才能在她丈夫心里保持平衡。……女人像玫瑰，美丽的花儿一经盛开立刻就谢。

这一段话也许是有感而发的吧？莎氏夫人在婚前就已怀孕，所以在降临节（Advent）前几天匆匆忙忙地请求教会办手续，而且迫不及待地请求特准免去三次预告的手续，因为降临节一开始直到封斋期是不准结婚的。在伊丽莎白时代，订婚即具有法律约束力，婚礼是可以暂缓举行的，所以在婚前的性关系并不违法，但与善良风俗究竟不合，而且在双方心理上将永远是一个负担，会觉得婚姻（至少那婚礼）是被逼迫举行的。哈撒韦一家人有清教的倾向，清教徒厌恶剧院，而莎士比亚正好走上戏剧一途，不仅是作者，而且是演员，这志趣的不调和在婚姻上必有很大影响。所以莎士比亚一去伦敦，二十余年从来没有把妻子接到城里去同居——这是不寻常的事。莎氏在伦敦黑僧剧院附近置产，想尽方法使之将来不至于落入妻室之手。莎氏遗嘱留赠给妻的东西是“我的次好的一张床”，即他死时睡着的那张床。有人说“次好的床”表示亲热，因为那时代家中最好的床通常是预备给客人睡的。但是遗嘱里他对他的妻没有任何亲热的字样。这一段婚姻是不幸的。不过，古今中外文人的婚姻有几人是十分理想的呢？

莎士比亚与性

一位著名的伊丽莎白文学专家在伦敦《泰晤士报》上说："莎士比亚是最富于性的描述的伟大英文作家。他毫不费力地，很自然地，每个汗毛孔里都淌着性。"这位六十七岁的英国学者劳斯又说，"在莎氏作品中，可以清楚地看到，他集中注意力于女人身上，所以他创造出一系列的动人的文学中的女性。同时，有人坚信莎士比亚作品乃是培根、玛娄或牛津伯爵所作，其说亦显然是狂妄，因为这几个人都是同性恋者。""这一点在莎士比亚研究上甚为重要，他是非常热烈的异性恋者——就一个英国人的身份而言，也许是超过了正常的程度。"

西雅图《泰晤士报》于同年四月二十四日亦刊有一段类似的电讯：

性与诗人

现代的色情作家会使莎士比亚生厌

伦敦美联社讯——想找一本色情的书吗？不必注意目前充斥市场的淫书，去读莎士比亚的作品吧。

这是两位文学界权威的劝告，他们说这位诗人的十四行诗集有的是猥亵的描写。

伦敦《泰晤士报》今天发表了这两位戏剧专家的意见，宣称莎士比亚是英文中最富色情的作家。

莎氏传记作者牛津大学的劳斯博士说，莎士比亚“从每一个汗毛孔淌出色情”。

劳斯引述《莎士比亚的猥亵文字》作者帕特立芝（Eric Partridge）的话，说莎氏是“一位极有学识的色情主义者，渊博的行家，谈情说爱的能手，大可以对奥维德予以教益”。

但是专家们说，把淫秽部分发掘出来不是容易事。

莎士比亚的色情描述通常是隐隐约约的，使用文字游戏来表达，须具有精通伊丽莎白英文能力的学者才能欣赏。

劳斯说，莎氏是“非常热烈的异性爱者——就一个英国人的身份而言，也许是超过了正常的程度”。

劳斯的文章是为纪念一五六四年诗人诞辰纪念而作，立即引起争论。

“大诗人是色情狂吗？”《太阳报》的一个标题这样问。

莎士比亚学会秘书 Gwyneth Bowen 说：“胡说！其他大部分伊丽莎白作家比他的色情成分要多得多呢。”

看了以上两段报道文字，不禁诧异一般人对莎士比亚的认识是这样的浅薄。戏剧里含有猥亵成分是很平常的事，中外皆然。尤其是在从前，编戏的人不算是文学作家，剧本不算是文学作品，剧本是剧团所有的一项资产；剧本不是为读的，是为演的；剧本经常被人改动有所增损；剧本的内容要受观众的影响。所以，剧本里含有猥亵之处，不足为奇。看戏的人，从前都是以男人为限，而且是各阶层的男人都有。什么事情能比色情更能博取各色人等的会心一笑呢？不要以为只有贩夫走卒才欣赏大荤笑话，缙绅阶级的人一样喜欢那件人人可以做而不可以说的事，平素处在礼法道德的拘束之下的人，多有忌讳，一旦在戏院里听到平素听不到的色情描写，焉能不有一种解放的满足而哄然大笑？我们中国的评剧，在从前没有女性观众参加的时候，有几出戏丑角插科打诨之中，猥亵成分特多，当时称之为“粉戏”，以后在“风化”的大题目之下逐渐删汰了比较大胆的色情点缀。《莎氏全集》，一八一八年包德勒（Thomas Bowdler）也曾加以“净化”，删削了一切他认为淫秽的词句，成了“每个家庭里皆适于阅读”的版本。不过至今我还不能不想到那些所谓的“粉戏”。至今似乎没有人肯购置一部包德勒编的《莎氏全集》放在家里（事实上这个版本早已绝版）。

若说莎士比亚作品最富色情，似亦未必。十四行诗第一百二十九首是著名的一首，以性欲为主题，表现诗人对于性交之强烈的厌恶，我的译文如下：

> 肉欲的满足乃是精力之可耻的浪费；
> 在未满足之前，肉欲狡诈而有祸害，
> 血腥的，而且充满了罪，
> 粗野无礼，穷凶极恶，不可信赖
> 刚刚一满足，立即觉得可鄙；
> 猎取时如醉如狂；一旦得到，
> 竟又悔又恨，像是有人故意，
> 布下了钓饵被你吞掉。
> 追求时有如疯癫，得到时也一样；
> 已得，正在得，尚未得，都太极端，
> 享受时恍若天堂，事过后是懊丧；
> 这一切无人不知；但无人懂得彻底，
> 对这引人下地狱的天堂加以规避。

诗写得很明显，其中没有文字游戏，亦未隐约其词，但是并不淫秽。我记得罗塞蒂（Dante G. Rossetti）有一首《新婚之夜》（*Nuptial Night*），也不能算是色情之作。

莎氏剧中淫秽之词，绝大部分是假借文字游戏，尤其是所谓双关语。朱生豪先生译《莎士比亚全集》把这些部分几乎完全删去。他所删的部分，连同其他较为费解的所在，据我约略估计，每剧在二百行以上，我觉得很可惜。我认为莎氏原作猥亵处，仍宜保留，以存其真。

在另一方面亦无须加以渲染，大惊小怪。

莎士比亚与时代错误

所谓时代错误（anachronism）即把一个人、一件事，或一个东西于其尚未出生、尚未发生或尚未产生的时候就提前予以陈述或提及。在一个人已不存在的时候而误以为他尚在人间，这当然也是时代的错误。文学作品里这是常见的事，古今中外的大作家有时亦不能免。莎士比亚当然不是例外。且举一些例子如下：

《冬天的故事》里提到雕刻家朱利欧·拉曼诺为赫迈欧尼画像的事，按拉曼诺卒于一五四六年，和《冬天的故事》时代相距有一千六百多年之遥。这一错误近似“宋版的康熙字典”了。在这出戏里我们知道赫迈欧尼的父亲是俄罗斯的皇帝，但是这故事的背景是放在耶稣纪元以前，彼时俄罗斯尚是一个未开化的地方，哪里能有皇帝存在？这个故事既然是发生在耶稣诞生以前，如何可以提到“清教徒”“原始罪”“犹大卖主”“圣灵降临节”？

《尤利乌斯·恺撒》一剧里也有严重的时代错误。布鲁特斯一派的人定钟鸣三声为分手的时刻。钟而能鸣，当然是自鸣钟。这样的钟是很晚近的事。自鸣钟的发明只有三百多年。“明万历二十八年大西洋人利玛窦来献自鸣钟，秘不知其术，大钟鸣时，正午一击，初未二击，以至初子十二击；正子一击，初丑二击，以至初午十二击。小钟鸣刻，一刻一击，以至四刻四击。”按万历二十八年为公元一六〇〇年，利玛窦以钟来献，想来钟在彼时尚是新奇之物，距新发明当不甚远。恺撒卒于纪元前四十四年，距自鸣钟之发明当有一千六百多年。故恺撒时代的人不可能知道有自鸣钟其物。那个时代报时的工具应该是“漏”，水漏。还有，剧中提到布鲁特斯“读书时把书页折了一角”。按罗马时代的书只有“卷”而无“页”，故书页折角乃绝无可能之事。

《伯利克里斯》剧中提到“手枪”。按手枪始创于意大利，约在十九世纪中叶。伯利克里斯是纪元前五世纪希腊政治家，在这样古的时代怎能说到手枪？

《泰特斯·安庄尼克斯》剧中萨特奈诺斯与塔摩拉结婚前发誓说：“牧师与圣水就在近边……”按牧师与圣水为天主教堂举行婚礼时所必需，而此剧背景是在罗马时代，与天主教堂根本风马牛不相及。又，此剧中之陆舍斯扬言要“砍下‘俘虏们’的肢体，放在柴堆上燔烧……祭奠我们的弟兄们的亡魂”。按罗马一向没有燔祭人肉的习惯，罗马人固然强悍残忍，但是杀死俘虏燔其肢体以飨阵亡将士之灵，罗马文化中尚无此一项目。

《考利欧雷诺斯》剧中拉舍斯赞美马尔舍斯之勇敢善战曰：“凯图理想中的军人。”按凯图生的那一年，考利欧雷诺斯已死去了二百五十五年之久。拉舍斯是考利欧雷诺斯同时期的人，如何能在他的口中说出凯图？莎士比亚此一错误亦有其根据，他根据的是普鲁塔克的传记。须知普鲁塔克的传记，是叙事体，作者以第三人的地位尚论古人，引用较晚的凯图的理想来赞美较早的马尔舍斯，固未尝不可。但莎士比亚的作品是戏剧，句句话都是对话，那便不可让拉舍斯口中吐出凯图这个人名。莎士比亚喜用普鲁塔克的文句，偶一不慎，遂生纰漏。

《亨利八世》剧中，诺佛克公爵对白金安公爵说："法国破坏盟约，扣留英商货物。"按扣留货物一事发生在一五二二年三月，而根据历史白金安公爵已于前一年五月十七日被斩首。

《理查三世》二幕一景中格劳斯特乞求大家对他谅解，一位一位地数着，把乌德维尔大人、黎佛斯大人和斯凯尔斯大人当作了三个人。其实所谓乌德维尔大人，根本无其人。事实上王后的弟弟安东尼·乌德维尔即是后来的黎佛斯伯爵，亦即斯凯尔斯大人，一个人有两个勋衔，莎士比亚遂误以为是三个不同的人了。这倒不是时代错误，不过也是错误。

《亨利六世》上篇五幕四景约克称阿朗松为"声名狼藉的马基雅维利"，是把马基雅维利当作野心家的别名，因为马基雅维利著《君主论》，申述用人处事以及纵横捭阖之术，一般人（尤其是未读过其书的人）斥为有关霸道权术之作，不合于宗教道德之理想。但是《君主论》之刊行乃在一五一三年，而亨利六世在一四七一年就死了！又，三幕二景琼恩对白德福公爵说："你要做什么，白胡子老头儿？"按白德福即《亨利四世》中之兰卡斯特亲王约翰，为四世之第三子，死于一四三五年，时仅四十五岁，比琼恩还晚死四年，焉得称之为“白胡子老头儿”？又，二幕五景毛提摩临死前自述家世谱系，“从我母亲方面讲，我是老王爱德华三世的第三子之后”。按母亲是祖母之误。莎士比亚之所以有此误，乃由于叔侄同名为毛提摩之故。英国王家谱系甚为繁杂，有时很难弄得清楚。

《亨利四世》上篇三幕二景有“苏格兰的毛提摩”一语，怎么苏格兰又有一个毛提摩？原来是乔治·顿巴尔，只因他也拥有“玛尔赤勋爵”衔，故与英国的毛提摩相混了。

在地理方面莎士比亚也出过乱子。《冬天的故事》把阿波罗在 Delphi 的神庙说成在 Delphos 岛上，其实是在大陆上的 Phocis。莎士比亚把阿波罗出生地 Delos 岛与 Delphic 神谕混为一谈了。这还不太严重，较严重而最成为话柄的是莎士比亚误以为波希米亚是一个滨海的国家，其实波希米亚在内陆，根本没有海岸。他这两个错误，都是沿袭格林的一篇散文传奇而以讹传讹的。另一剧《维洛那二绅士》说起瓦伦坦由维洛那“搭船到米兰”也颇引人非议。有人为莎士比亚开脱，说那时候两地之间是有一条运河。其实这也是多余的，因为剧中后来明说瓦伦坦是从陆路回来的。

以上举例，仅是其作品中一小部分的疵谬，不足为莎士比亚病。幸亏他的戏剧不是教科书，否则就难免有误人子弟之咎，幸亏他的戏剧不是推行社会教育的工具，否则亦难免要遭受学人的非难。可是事实上，莎士比亚的戏早已成为许多学校的教科书，他的戏（尤其是历史剧）早已成为英国一般民众认识英国历史的主要工具之一。而戏中这许多瑕疵，还任由它谬种流传，没有人能成功地予以纠正，其故安在，可深长思。

莎士比亚的演出

莎士比亚的戏是为阅读的，还是为观赏的？这一问题好像是批评家兰姆首先提出来的。他的意思是，莎士比亚的戏博大精深，非加仔细阅读不能体会其中奥妙。他有一篇文章《论莎氏悲剧是否合于舞台排演》，他说：

> 莎士比亚的戏，比起任何别的作家的作品，实在最不该在舞台上排演……里面有一大部分并不属于演出的范围以内，与吾人之眼、声、姿势，漫不相关。

他举例说，哈姆雷特与麦克白，其品格异常复杂，没有人可以充分地表现出哈姆雷特或麦克白的性格。他所指陈的不无见地。莎氏剧中人物确实有些是不容易表演的，其中有些台词也确是相当深刻不易理解的。表演一出戏，不过匆匆两三小时，当然不及阅读剧本之较多体认的机会。但是平心而论，莎氏剧中之情节、人物、对话之较深刻的只是其中一部分，其余大部分在舞台上表演没有问题，事实上，莎氏编剧原是为了表演，原是为了娱乐观众，而且是阶层不同的观众，上自缙绅学士，以至贩夫走卒，所以其写作内容也是深浅兼备，雅俗共赏。他把剧本卖给剧团，像卖货物一样，剧本即为剧团所有。剧作者也不视其剧本为文学“作品”，不曾想印成书册供人阅览，更不会以为是“经国之大业，不朽之盛事”。莎氏戏剧在他故后之第七年，才由他的两位剧院同事辑为一册，即所谓之“第一对折本”，共印了约一千册，现存完整者仅十四册。莎氏并不特别重视他的剧本，他重视的是如何把戏编得精彩以取悦观众，使剧团赚钱，然后有机会编更多的剧本（约每年编两出），获得更多的稿费，然后逐渐成为剧院的股东（controller），然后积聚更多的资财，退休、返乡、置产，成为绅士。但是，他在编写剧本之中，流露了他的才华，把他的情感想象注入了戏中人物及其对话之中，使得剧本流传至今，为全世界的人所传诵、所研究、所欣赏。莎氏故后，他的声誉黯淡了一个时期，时代变了，品位变了，剧场变了，戏剧的形式也变了。莎氏戏剧之复兴，主要是由于德国的浪漫派作家之狂热的赞美。当然英国十八世纪几位著名演员之竞相扮演莎剧也是功不可没的。到了晚近莎氏戏剧再度掀起热潮。

莎士比亚戏剧活动重心当然是在英国，尤其是他的出生地斯特拉福。每年到了他的诞辰，那地方成了观光胜地之一。那里有莎士比亚活动中心、莎士比亚图书馆、莎士比亚剧院，还有能扮演全部莎士比亚戏剧的剧团。目前活动重心好像已扩展到美洲，美洲东部康涅狄格州有城亦名斯特拉福，那里也有一所莎士比亚剧院，年年演出莎氏名剧，西部俄勒冈州的尤金也是年年举办莎氏纪念庆祝的所在地，年年轮流上演莎氏的几部作品。加拿大的安大略省也有一所莎士比亚剧院，年年演出莎氏戏剧。凡此皆足以说明莎氏作品事实上不仅是学者们研究、批评、校勘的对象，也是愈益受到大众欢迎的舞台上演的戏剧。

戏剧和舞台有不可分的关系，有什么样的舞台就有什么样的戏剧。莎士比亚时代的舞台和我们中国旧式舞台颇为相似，台是突伸到剧场中间的，观众可以从三面看戏。台前没有幕，台后没有布景，连我们中国所谓的“守旧”都没有，道具切末也等于无。因此戏就无法清晰地分幕分场，演员出出进进，一场接着一场，连续不断地表演下去，一气呵成。所表演的情节可以是长达一二十年的一段故事，也可以是发生在几天以内的一段情节。为了表示段落，戏词往往使用“双行押韵”的两行诗，暗示时间地点的改变，有时候则任何暗示也没有。观众不以为意，他们已习惯了舞台的传统。一场接着一场，中间可以是隔了好多年。一场接着一场，中间可以隔着百千里。观众动用他们的想象力，和戏剧的演出完全合作。这种演出的方式，表面上不尚写实，事实上演员的负担很重，他要有高度的表演技巧，无论在发音或姿势方面都必须善于控制，否则无法吸引观众之几小时的注意。现行的莎氏剧本，分幕分景并有完全的舞台指导，这乃是十八世纪以来编者们所加上去的。纯粹的、完全的莎士比亚演出方式现已难得一见，除非是重建一座莎士比亚舞台，由学者们指导恢复旧时演出的成规，令少数热心的观众发思古之幽情。这样的尝试不是没有，也不是不成功，事实上莎剧的演出已经是以现代化的演出方式为主流了。

现代舞台的特点是前面有幕后面有景，整个的舞台面像是一幅画框，演员面对大片观众，在这情形之下，“旁白”乃几乎是不可能，“独白”亦很难发挥其应有的效果，而“旁白”与“独白”正是莎剧中极为有用的技巧。可是现代舞台因为有幕，幕升幕降，把情节动作的段落分得清清楚楚，观众看得明明白白。这当然是按照莎剧的现代编本而演出的，而观众确实可以获得较佳印象。灯光、布景、效果，其技术的进步非前人所能想象，它们均足以增加戏剧的气氛。我记得有一次在美国看《威尼斯商人》的演出，聚精会神地看那法庭一景，场面宏大，印象很深，尤其是夏洛克表演出他的积愤的情绪，被压迫的犹太人的感情，咬牙切齿，真是一句一泪。怪不得当年德国诗人海涅看完这一幕之后，他哭了！夏洛克狼狈地回家，发现他的女儿杰西卡席卷细软而逃（这原是二幕八景里面一段口述的情形，现在巧妙地排在庭讯之后实际演出），提着灯笼在街上大叫“杰西卡，杰西卡！”此时暮霭渐深，一个老人提着灯笼嘶哑着喉咙顺着街道走向台后，一声比一声微弱，台上灯光渐渐暗了下去，幕徐徐下，景色动人极了，我久久不能忘。我想这是莎氏原来的舞台上无法表现出来的效果。按照剧本这悲惨的情况只是由两个目睹的配角口中述说，纵然在述说的时候极力模仿，模仿得惟妙惟肖，也只能产生讥笑的意味，观众很难运用想象充分体会其凄凉残酷的意味。只有在现代的写实舞台上才能给观众以直接的刺激。又例如，《罗密欧与朱丽叶》一剧开场就是一场打斗，先是几个人的小冲突，然后是大规模地打群架。按照剧本的提示，先是“互斗”，随后是“相格斗”，最后是“两家各若干人，参加打斗……”在旧式四四方方的舞台上，空间不多，互斗还可以，打群架就难以表演。现代舞台宽阔，大批的人分为两队，着不同颜色的服装，虽是进行混战，看起来还是壁垒分明，就像是我们旧戏中两队龙套一般，这也是现代舞台之所擅长的一端。

现代舞因为分幕的关系，并且需要极力减少景的变化之故，对于剧本一定要大施改动删裁。莎士比亚的现代舞台本和原剧本的面目可能有很大的差异，如《李尔王》之结局改为大团圆，那乃是时代品位的关系，与舞台无关。一般的改动是基于舞台需要，不得不缩删移动以求其紧凑。好的舞台本无不是汰芜存菁，尽力保存原剧的面目。许多舞台本删去不少的文字游戏双关语及猥亵的对话，因为这些是十六世纪的时尚，已不甚合我们的趣味，如果删裁得当无可厚非。我们阅读莎士比亚则原作俱在，可以充分欣赏其全豹而巨细靡遗。事实上，没有人读舞台本的。

“用你们的想象来补充我们的缺陷，把一个人分成一千份，假想盛大的军容”，将莎士比亚的作品搬上银幕，乃一大发展。舞台上不便演出的情形，在电影里可以充分发挥。例如，《仲夏夜之梦》里的一伙小仙，玲珑剔透，真是可做掌上舞，小到可以睡在一朵花苞里，可以在蜜蜂身上偷蜜，可以在萤火虫眼里点蜡烛。在舞台上，这些小仙只好由童伶扮演，但是童伶身体无论多么小巧，也小不到像小仙那样。我记得看过一部由萨拉·伯纳德主演的《仲夏夜之梦》影片（还配上了门德尔松的音乐，真是珠联璧合），我保有深刻的印象，因为电影利用摄影的技巧，把小仙们“翻山冈、渡原野、披丛林、斩荆棘、过游苑、越栅界、涉水来、投火去”真个地表演出来了，而且个个都是娇小玲珑。舞台上办不到的，电影里乃犹为之，这不过是一例。我又看过一部《亨利五世》的影片，我也获得了以前不曾有过的印象。《亨利五世》是一部战争戏，以阿金谷一役为其高潮。英国人所以大败法国人，主要原因是英国人开始大量使用长弓，法国人主要使用的仅是中古以来传统武器长枪。两阵对垒，长枪难抵长弓，胜负立见。但是这一番厮杀在舞台上很难表现。莎士比亚明白舞台的限制，所以这出剧本一反往例于每幕之前加一“剧情说明”，把行动改为叙述，第一幕的剧情说明人就一再地说：“这个斗鸡场能容纳法兰西之广大的战场吗？……让我们来激发你们的想象力吧！……用你们的想象来补充我们的缺陷，把一个人分成一千份，假想盛大的军容……”以后各幕的剧情说明都强调观众之想象力的重要性。可是我看影片，这盛大军容便直接呈现在我眼前了，千军万马，斩将夺旗，令人看得有如身临其境。也许有人要说，这样的写实手法未必优于诉诸想象。须知所谓想象要有知识背景，不能凭空悬拟，并且也需要时间细细揣摩，坐在剧院里听着一些稍纵即逝的台词而随时运用想象，其事恐怕甚难，但是电影克服了这困难。

电影拥有广大观众，把莎士比亚戏剧有效地推出在一般观众之前，这推广的效果异常伟大。优秀的戏剧演员纷纷在电影上出现，也是大势所趋。本是著名舞台演员的奥利弗爵士，也屡屡以其扮演莎氏名剧主角的身份不惜在银幕之上现身。我不否认莎氏作品在舞台上或银幕上，其号召力或者不及一般较低级的歌舞打斗的作品，但是显而易见的，莎剧影片有其独到之处，比舞台表演更易受到一般观众的了解。

对莎剧电视片播出的四个小小愿望。

莎氏剧作由电影而电视，乃是又一新的发展。电视把莎剧送进家庭，观赏可以不必到剧院买票。电影的时间宝贵，一部片子最多只能用两个多小时，不及电视之比较宽裕，因之剧情不能不力求紧凑，原剧本之删节改编自然难免。原剧本中所有猥亵语也必全部芟除，就像Bowlder版本的剧集一样，倒也无关宏旨。欣闻英国的广播公司编制了《莎士比亚全集》的电视影片，我非常兴奋。前几年我看到广告，知道已有唱片公司录了《莎士比亚全集》唱片，没想到数年之后又有全集的电视片问世。听说电视片发行以来，已有二十几国购进放映，我们的电视公司有见识有魄力，亦已取得该片，今起即将开始放映第一批的六部戏。我从前看过同一公司拍制的克拉克爵士主持的西洋艺术及西洋文化的电视片，实在是高度享受，尤其是放映过程中不插广告，一个多小时的节目不受任何干扰。我相信这一套莎剧电视片在品质上一定能维持其以往的出品的水准，内容必定精彩。于此我有几个小小的愿望：

一、播映之前要有充分准备，在电视周刊上做比较简单扼要的介绍，使一般观众明了其剧情及其意义。

二、中文字幕是必要的，但文字要正确无讹，不宜过分地随俗滥译，尤其是剧名、人名更要斟酌至当。

三、播映中间不要插进广告，若实在舍不得那笔广告收入，设法就广告内容稍加限制。

四、附带制作录影带公开发售。

略谈莎士比亚作品里的鬼

莎士比亚作品里关于灵异（supernatural）的描写是很多的，鬼是其中之一。所谓鬼，是专指人死了而变成的那种精灵。至于fairies，nymphs，devils，witches等，不在我们的讨论范围之内。

谈鬼是一件很普通的习惯，有趣味，有刺激，不得罪人，不致触犯忌讳，不受常识的约束——比谈旁的都方便。《冬天的故事》第二幕第一景有这样的一段：

玛：在冬天最好是讲悲惨的故事：我有一个讲鬼魔的故事。

赫：好，我们就听这个。来，坐下：说罢，你尽力谈鬼来吓我罢；你是很会的。

玛：有一个人——

赫：不，来坐下再说。

玛：他住在坟地附近……

这也许是一段写实的描写。冬日围炉取暖的时候，不正是谈鬼的绝好机会吗？

莎士比亚的时代，是各种迷信流行的时代。詹姆斯一世便是著名的笃信神鬼的国王，他于一五九七年刊行他所作的《妖怪学》（*Daemonologie*）。他可以因巫术而兴大狱，杀戮以千百计，由这一件事就可以反映这时代是如何的愚暗。莎士比亚时代的戏剧常常包含鬼怪之类，此种风气可以说是从基德的《西班牙悲剧》以后便非常流行的。舞台的场面上，往往有神鬼出没的机关。大概鬼出来是从舞台地板上的一个洞里钻出来，表示他是从地下来的意思。一般的观众是迷信的，相信鬼的存在，至少是以为鬼是有趣的。

《哈姆雷特》一剧告诉我们许多关于鬼的事。鬼平常是不出来的，除非他是有什么冤抑。他出来的时候，总穿着生时的服装，并且总在夜里，等到天亮鸡叫就要匆匆地消逝（这和我们的《聊斋》说鬼大致仿佛）。鬼不轻易启齿，需要生人先向他开口。平常和鬼交接谈话（cross）是很危险的，容易被鬼气所殛（blasted）。想要袚除鬼怪之类，需要用拉丁文说话。鬼是怯懦的，喧哗的人众可以把鬼形冲散（武松惊散了大郎的阴魂，大概即是同一道理）。鬼有时不令别人看见，只令被他所愿意能看见他的人看见。鬼并不积极地害人。中国鬼故事里，颇有些恶厉的鬼，啖人肉，吮人血，甚至还有“拉替身”之说，莎士比亚作品里的鬼比较起来是文明多了，然而可也就没有我们中国文学中的鬼那么怪诞离奇。

莎士比亚作品中的鬼也有可怕些的。譬如《恺撒大将》第四幕第三景，恺撒的鬼出现的时候，布鲁特斯说：

这灯光何等的惨淡！哈！谁来了？
我想是我的眼睛有了毛病
幻铸成这样怪异的鬼形。
他向我来了。……

《理查三世》第五幕第三景，群鬼在理查王梦中出现之后，理查王也说：

慈悲，耶稣！且慢！我做梦了。
啊！怯懦的心，你使我何等苦痛！
灯火冒着青光。正是死沉的午夜。
抖颤的肉上发出恐惧的冷汗。

这情景都有些可怕。固然有亏心事的人格外觉得鬼可怕，但是鬼出现的时候，灯光变色，也自有一种阴森怕人的暗示。《麦克白》里的班珂的鬼在宴会席间出现的样子，摇着血渍的头发，使得麦克白神经错乱，若应用近代舞台的技术以投影法表演出来，无疑是很惊人的景象。

莎士比亚信鬼吗？我们却很难说。从表面上看，莎士比亚在作品里常常描写到鬼，穿插鬼的故事，颇使我们疑心莎士比亚也许是并未超出那时代的迷信。但是我们若更深一步考察，我们也可以发现莎士比亚作品中的鬼完全是一种“戏剧的工具”。鬼，在莎士比亚剧中，永远不是剧中的主要部分，永远是使剧情更加明显的方法，永远是使观众愈加明了剧情的手段。鬼的出现，总是有因的。或是因了冤抑而要求报复，或是因了生前有藏镪在地而出来呵护，或是因了将有不祥之事而预作朕兆。所以把鬼穿插到作品里去，是一种艺术安排，不一定证明作者迷信。当然，莎士比亚若生于现代，他就许不写这些鬼事了。

鬼，实在是弱者的心里所造出来的。王充《论衡》所谓：“凡天地之间有鬼，非人死精神为之也，皆人思念存想之所致也。”“人病则忧惧，忧惧见鬼出。”“畏惧则存想，存想则目虚见。”莎士比亚似乎也明白这一点道理。在《麦克白》里，麦克白夫人一再地代表着健全的常识，点破她丈夫的“忧惧见鬼出”的虚幻心理。麦克白所见的空中短刀，是恐惧的“描画”。他所见的鬼也是如此。《鲁克里斯的被奸》第四百六十行是最有意义的：“这些幻影都是弱者头脑的伪造。”

与莎翁绝交之后

我于一九六七年至一九六八年译完《莎士比亚全集》，先后出版，共四十册，当时吐了一口大气，真是如释重负。这个重负压在我肩上历三十年之久。其间由于客观环境以及自身的疏懒，有许多许多空当交了白卷，但是三十年来这个负担对我的压力则未曾一日或减。一旦甩掉了包袱，当时心情之愉快可想。一时忘形，私下里自言自语地说："莎士比亚先生，我从此将要和你绝交了！"绝交一语也许下得太重了一些。时间相差四百多年，空间相距十万八千里，彼此风马牛不相及，往日无冤，近日无仇，是我自动地找上他的门来，不自量力，硬要把他的全集译成中文，幸喜没有版权问题，所以也未征求他的同意。翻译过程之中，我也得到不少乐趣，即使译笔拙劣，或恐有误解原文之处，他也默不作声。所以我对莎翁只有感谢抱歉，怎好说出绝交二字？何况我根本不敢谬托知己，不过我确实也有抱怨，怨他的写作数量实在太多，精彩的作品固然层出不绝，早年的作品（尤其是与人合作的那一部分），并不怎样令人击赏。而译者没有权利挑肥拣瘦任意割裂，必须一视同仁地依样葫芦。因此之故，为了他，我的三十年光阴就在埋头苦干中度过去了。我这一生还有别的事情要做，还有别的东西要写，不能不冷落他一下，也许就真的从此断绝关系。久已想写一篇《与莎士比亚绝交书》，详述我心中的感触。病懒，一直没有秉笔。

我没有到过欧洲，不曾参观过莎氏故乡。不是没有前去游览的机会，只因时局的关系一再未能如愿。尝引亚瑟·魏莱的话为我自己解嘲。魏莱译了不少的中国诗，但是他毕生不曾一履中土。有人问他为何不命驾东游，他回答说："我认识的中国人都是唐宋时人，早已作古，我去看谁？"可是朋友们都为我抱屈，几乎一致地认为我没有不去瞻仰莎氏故乡的理由。

朋友中到过斯特拉福镇的亨烈街莎氏出生地的人，于欣赏那座于一八五七年大事整修过的木造房屋之际，遥想一五六四年四月（大概是二十三日）梨花、苹果花正在盛开，诗人莎士比亚诞生了。他们也登时想起了我，他们临去时总要买一些导游小册及图片之类的纪念品给我。他们到了少特莱镇访问莎氏夫人安娜·哈撒韦的农舍，看到满园的花树姹紫嫣红开遍，看到起居室内那一具粗木制的鸳鸯椅，他们不禁想到莎氏当年和哈撒韦小姐坐在一起喁喁谈情说爱的情况，他们就说："梁某某真应该来看看。"

有一位访问了莎氏"新居"，那是莎氏于一五九七年花了六十镑买到的寓所，比出生地旧居漂亮多了，为那时当地第二幢豪华房屋。可惜屋前一棵大桑树据说是莎翁手植，于一七五八年被砍伐掉了。我的朋友买了一个小小的木雕莎翁半身像送我。据说就是用那棵大桑树的木料雕成的，是真是假无从对证。

又有一位凭吊莎翁墓于圣三一教堂，看到墙上有莎翁的半身石像，是涂了颜色的（古罗马石像很多是涂颜色的），像下面便是莎翁墓，一块不大起眼的石碣平铺在地面上，上面没有死者的生卒年月，只有四行并不怎样高明的诗，然而一代大诗人就是长眠于此。这位朋友悲哀不忍去，最后买了一张由教堂司事签名证明的墓碣拓片送我。这样的拓片我已积有两张。

此外诸如阿文河上的风景、莎翁母亲家的寓所、莎氏纪念堂、剧院、伦敦南岸当年的几个剧院的遗址所在，对我而言都是不陌生的。虽然我未亲临其地，但是在我心目中都有明显的印象，因为承朋友们的好意，这些年来时常地供应我有关莎氏的资料。甚至有些不相识的人，自称“读者”（大概是指中译本的读者吧？），也从海外寄我图片，例如从丹麦寄来的艾尔辛诺古堡图片（《哈姆雷特》一剧的背景）。又有人自意大利寄来罗密欧、朱丽叶谈情的那个阳台的图片。这些大大小小的颁赠都有助于我的见闻，使我无须亲自跋涉，省却不少草鞋钱。

自从决计与莎翁绝交，对上述种种的纪念品就不复感兴趣，只好束之高阁。甚至我长期订阅的《莎士比亚季刊》也停止续订了。《莎士比亚季刊》我也不复阅读。每年戏剧季节，英国、加拿大和美国的某些都市都有莎剧上演，宣传品不断寄来，我只能略微翻阅而已。未尝不想去看，但已无余勇可贾。不过已有三十年的纠葛，要说一刀两断也不是容易事。何况有些朋友不大了然我的心情，偶尔仍以有关莎氏的问题询及刍荛，我也不能不重拾旧好再与周旋。例如，“培根学说”，那是老掉牙的问题，固然不值一提，但是也有一些较新、较为具体的研究，未便一笔抹杀。例如，一位美国学者霍夫曼从一九三六年起就在心中萌长一项猜疑，以为莎士比亚乃一位演员而已，其作品则恐怕是出于玛娄之笔。他花了十八年的工夫“上穷碧落下黄泉”不断地奔走研究，他想在文字方面用简单统计方法企图证明莎氏与玛娄实为一人，但是种种内证均不足以服人。最后他想到非举有力的外证不可。他认定莎氏作品的原稿一定是藏在当时特务头子华兴安爵士的墓里，因为华兴安是玛娄的上司。于是奔走求情，上下关说，意欲打开坟墓一窥究竟。挖掘坟墓非同小可，他竟能层层打通，但终为当地牧师否决，功亏一篑。霍夫曼欲解之谜仍然是一个谜，以至于今。有人问我对此事有何评论。我的看法是：莎氏作品与玛娄作品俱在，作风迥异，不可能是一个人。剧本在当时不是文学“作品”，不可能被人重视到拿去殉葬。霍夫曼枉费精神。

我所看见的最新的一篇莎氏研究论文是美国斯坦福大学生物统计研究所一九八六年四月发表的一篇专门报告（列为第一百一十一号），题目是“莎氏是否写过新近发现的一首诗”，作者是吉斯台德与艾夫龙。有人复印了一份给我，并且问我的意见。论文提要如下：

一九八五年十一月里牛津大学图书馆中发现了一首七节

的诗，是前所未见的，被认为是莎士比亚作品。这首诗真是莎士比亚写的吗？兹以艾夫龙与吉斯台德在一九七六年讨论过的“非参数的经验的贝叶斯模型”对此诗用字方式之一贯性与莎士比亚真实作品用字方式之一贯性做一比较研究。例如，此诗有九个单独不同的字，是在以前莎氏作品中从未出现过的，而按照贝叶斯模型预测，在这样短的一首诗里其期望值为六点九七。为了更加了解此一模式之限制，我们也考虑了章孙、玛娄、约翰·邓恩的诗，以及四首确属莎氏作品的诗。总而言之，此诗相当合理地与莎氏以前的写作惯例相符合，故可据以相信此诗确为莎氏所写。

论者使用的统计方法精致而客观，可以说是很科学的。（按：在莎氏研究中使用统计方法已有相当长久的历史。）一七七八年马龙首先提出了“诗行测验法”（verse test），重点在计算诗行用韵以及联行在全部作品中之比例，其目的在于确定莎氏作品之写作年代，亦即我们所谓的“系年”。此后莎氏全集之编纂者几无不采用“诗行测验法”。虽然各家测验的结果并不完全一致的精确，但统计方法之值得使用是不容置疑的。

此一论文之检讨的对象是此诗之字汇，其目的在于“辨伪”。作者计算莎氏全部作品共八十八万四千六百四十七个字，在这八十八万多字之中各别不同的字有三万一千五百三十四个。一九八五年十一月十四日美国学者泰勒在牛津图书馆发现的这首诗很短，共仅四百二十九个字，其中各别不同的字有二百五十八个。在这二百五十八个字当中，有九个字是莎氏作品中所未见过的新字，例如 admiration 一字在莎氏作品中出现过十四次，但是从未以复数形式出现过，所以 admirations 算是一个新字。另有七个字出现过一次，五个出现过两次……该论文只考虑出现过九十九次或不及九十九次的字。根据这些统计数字，细加分析，因而得到此诗并非赝品的结论。

我最初读到这首新发现的诗，凭直觉的主观的品位，以其内容之浅陋，不似大诗人之手笔。继而比较莎氏早年所作之诗歌，尤其是《凤凰与斑鸠》《热烈的情人》《杂调情歌》等篇，我想此一新发现的诗也许可以归入“少作”之列。再者，诗与歌本来可以有别。歌侧重唱的效果，行要短，韵要繁，要有声调铿锵之至。凡是流行歌曲无不如是。如今有统计地证明其非伪，我们也可以承认这是莎氏早年所作的一首情歌吧。

莎翁全集卷帙浩繁，已经够我们研读的了，再加上一首歌，又有何妨?

莎士比亚的墓志

十几年前一位朋友从英国回来，送了我一张莎士比亚的墓志的拓片，是用黑蜡笔拓的，下面有教堂负责人的签字证明那拓片不是假的，我因为喜欢研究莎士比亚的作品，所以对于这张拓片就很感兴趣，把它裱装起来一直悬在我的书斋里。墓志是四行韵语——

Good frend for jesvs sake forbeare,
To digg the dvst encloased heare.
Blese be ye man yt spares thes stones.
And cvrst be he yt moves my bones.

大意是这样的——

好朋友，看在耶稣面上，请勿

刨掘埋在此地的一抔尸土。

饶了这些块墓石的人，降福于他！

移动我的骸骨的人，他永受咒罚！

诗作得的确不高明，老早有人怀疑，怕不见得是莎士比亚的手笔。墓志的意思是很明白的，是怕后人搬动他的坟墓。但是他为什么要怕后人搬动他的坟墓呢？

英国的风俗，贵族或有权势的富人死后要葬在教堂里面，理由有二：一是教堂里面是神圣的，有神灵呵护，越挨近神龛的地方就越神圣；二是富贵人家的坟墓均相当考究，在教堂里面不致失窃。只有平民死后才埋在教堂外面的坟园里，横七竖八地由着风吹雨打，比不得教堂里面的"雅座"那样整洁幽静。这种风俗传流很久，到了十八世纪，诗人格雷作《墓畔哀歌》，不是还在唏嘘凭吊那些埋在教堂外面的无名英雄吗？人活着的时候有贫富之别，死后这界限也还不能泯灭！

莎士比亚总算是幸运的，死后葬在教堂里面。但是还怕睡不安定，墓石上刻了四行歪诗，一面哀求，一面威吓，要后人别打扰他，这道理却在哪里呢？

偶读英格索一篇关于莎士比亚的演讲，居然有一段解释：

莎士比亚是一个演员——一种不大体面的职业——但是他发了财——永远是体面的。他从伦敦回来的时候是个阔人。他买田，造房。有些号称上流的人大概对他都有敬意。他死后葬在教堂里，然后起了反响。虔诚的人觉得教堂受了亵渎。他们觉得一个演员的尸灰不该埋在神圣的土里。有人开始说尸骨该搬走。据我想，必是莎士比亚的女婿郝尔在坟上刻了这样的墓志。莎士比亚当然不会考虑到他的坟会被骚扰。他怎么会想到在坟上安设一个警告，一个威胁，一个祝福呢？但当时的愚民却深信这墓志是死者的呼声，因此不敢侵犯这坟墓。尸骨这才没受骚扰。

这段解释很有趣，他提出了一点很有价值的暗示，莎士比亚按照他的演员的身份不配埋在教堂里面，埋进去会引起问题。这一点以前的人大概多未注意，他们只注意到另外一点，以为莎士比亚已经致富，所以居然埋进教堂。演员的身份是颇值得注意的。但是我要问：莎士比亚葬了之后是不是真个有人反对呢？是谁反对呢？是怎样反对的呢？如果真有人反对，四行歪诗是不是就真有力量完全能抵抗反对呢？又怎么知道四行歪诗一定是莎士比亚的女婿的手笔呢？这一串疑问都需要真凭实据，不能只靠臆测来推断。因此，英格索的解释虽然有趣，但是缺乏证据，我还是不能不疑惑。不过有几点是可以确信不疑的：

一、四行歪诗绝不是莎士比亚的手笔。究竟是谁的手笔，我们不能确定，也许是他的女婿，也许更可能的是一位不知名的unlettered muse（没有学问的诗人，格雷语），也许是另外的什么人，我们都不敢说一定。但写这四行诗的人一定是个不大高明的人。他的造像下面不也有几行赞美的拉丁文吗？称赞莎士比亚有

“柏拉图的智慧，苏格拉底的情感，魏其尔的艺术”。其比拟不伦，比起墓志的四行歪诗不也一样的可笑吗？大概当时乡下没有高手，只能有这样的作品。

二、莎士比亚埋在教堂里面，是应该有问题的。一个“戏子”葬在教堂里面当然是与身份不称。但是我们不可忘记，莎士比亚已经致富，而且他已经在勋徽局给他的父亲请领勋徽，他已经正式地升入了绅士阶级，在一般势利的乡下人眼里，葬在教堂里面似乎也还可以不太成问题，纵然一部分人要不免腹诽，若说真个地去刨坟挖尸，恐怕不太近情理。

三、事实上莎士比亚的坟没有被移动，是那四行歪诗的力量吗？也许是的，因为死人的诅咒，在一般人看来，是最厉害的诅咒，没有人敢去招惹他。不过几十年过后，经过一代两代，一般人也健忘了，谁还愿多事去找那个麻烦。

莎士比亚一生给我们留下了三十多篇诗剧，里面有无穷尽的宝藏，有无数段好文章，有无数行美妙的诗句，最后在坟上竟只有这么四行歪诗，这不是绝大的讽刺吗？

玛丽·兰姆

《莎士比亚的戏剧故事》是一本世界著名的书，许多人没读过莎士比亚的戏剧而读过这本故事。著者是玛丽·兰姆与查尔斯·兰姆。玛丽是姐姐，比查尔斯年长十一岁，一七六四年生，比他晚死十三年，一八四七年卒。姐弟二人合著这一本书，也是偶然的，他们的朋友高德文主编一部青年丛书（*Juvenile Library*），约他们参加一本著作，所以这本书有一个副标题“为年轻人而作”。里面包括莎士比亚的二十部戏，其中六部悲剧的故事是查尔斯所作，十四部喜剧故事是玛丽的手笔，英国历史剧和罗马剧以及另外两部喜剧则付阙如。在前几版中玛丽的名字未列在标题页上，虽然她出力较多，而且查尔斯说她写得比他好。这本书刊于一八〇七年，文笔雅洁，保存了不少原剧的字句，而且还时而以不触目的笔调指点出一些道德的教训，所以出版后广受欢迎。我国最早有关莎士比亚的书就是这部书的中译本，好像是林琴南译的，书名是“吟边燕语”。

玛丽有遗传的疯病，查尔斯也有一点点。玛丽的情形比较严重，时发时愈，一七九六年她三十二岁，九月二十五日，病发不可收拾，竟至杀死了她天天陪伴同床睡觉的四肢瘫痪的老母亲。这段悲惨的经过，最好是看查尔斯写给柯勒律治的一封信——

> 我最亲爱的朋友——怀特或是我的朋友或是报纸在此际可能已经让你知道了我家发生的惨祸。我只要简单说一下：我的可怜的、可爱的、最可爱的姐姐，一阵病发，杀死了她自己的母亲。我就在近旁，只来得及从她手中夺过刀来。她目前在疯人院。上帝保全了我的神志：我吃、喝、睡，我相信我的判断还很健全。我的可怜的父亲略受微伤，我现在要照料他和我的姑母。基督医院公学的诺利斯先生对我们甚为关拂，我们没有别的朋友；但是，感谢上帝，我很镇定，能办善后之事。请尽量写富于宗教性的信，但别提已过的事。对我而言，"以前的事已属过去"，我要做的事多于我所要感受的。
>
> 愿上帝掌管我们一切！
>
> 【附注】不要提起诗。我已毁弃那种一切的表面虚荣。你随你的便，如果你要发表，可以发表（我给你全权）我的，但毋用我的名字或简名，也别送书给我，我求你。你自己的判断力会教你暂勿将此事告知尊夫人。你照顾你的家；我尚有足够的理性与力量照顾我的。我求你，不要起前来看我的念头。写信。你若是来，我不见你。愿上帝眷爱你以及我们

所有的人！

这封信凄惨极了，关于玛丽发疯的情形写得不够详尽，是年九月二十六日伦敦的《晨报》（*The Morning Chronicle*）有较多的报道，其文如下——

> 星期五午后，验尸官及陪审员们检验霍尔邦区内一位妇人的躯体，她是于前一天被她的女儿杀伤致死的。
>
> 前此数日，家人已看出她疯狂的一些迹象，到了星期三晚上日益加剧，第二天早晨她的弟弟一清早就去请皮卡因医生——如果他遇到了那位医生，这场灾难就可能避免。
>
> 这位年轻的女士早年曾经一度发疯，由于工作过度疲乏所致。——她对母亲的态度一向极为孝顺，据说就是因为父母健康不佳需要日夜照料，所以才造成这位不幸的年轻女士这次的疯狂。
>
> 有些早报说她有一个疯了的弟弟也在疯人院里——这是不实的。
>
> 陪审团当然做了判决，疯狂。
>
> 根据所举证据，情形是这样的，家人正在准备晚餐之际，这位年轻小姐抓起桌上放着的一把原来带鞘的餐刀，以威吓的态势追逐一个小女孩满屋跑，小女孩是她的学徒（玛丽在家收学徒为人缝制衣服贴补家用），她的瘫痪不能行动的母亲急叫她不要这样，她放弃原来追逐的目标，尖叫一声扑向

她的母亲。

那孩子的叫嚷声惊动了这家的男主人，但是晚了一步——母亲在座椅上已经没有命了，她的女儿手持致命的刀茫然地站在旁边，那个老迈的人，她的父亲，额上也淌着血，是因她满屋乱抛叉子而受到重重一击之所致。

疯狂者犯罪不处刑，玛丽在疯人院住了一阵也就没事了。但是，她清醒的时候，她不能没有记忆，她比查尔斯多活了十三年，直到一八四七年才逝世，这漫长的岁月她是怎样过的！哈兹利绝口称赞她，说她是他所见到的最聪明最理智的女性。惨剧发生的时候，查尔斯只有二十三岁，他哥哥约翰主张把玛丽长久地送进疯人院，一了百了，但是查尔斯不肯，他坚决在家里服侍姐姐，自己一生未娶，这份牺牲奉献的精神伟大极了。看查尔斯的小品文，温柔细腻，想见其为人。人生苦痛，谁也不免，而凄惨酷烈乃一至于斯！

亲切的风格

纯文学

纯文学一语可能是最早见于王国维《静庵文集》，其言曰：“‘自谓颇腾达，立登要路津。致君尧舜上，再使风俗淳’，非杜子美之抱负乎？‘胡不上书自荐达，坐令四海如虞唐’，非韩退之之忠告乎？‘寂寞已甘千古笑，驰驱犹望两河平’，非陆务观之悲愤乎？如此者，世谓之大诗人矣。至诗人之无此抱负者，与夫小说、戏剧、图画、音乐诸家，皆以侏儒、倡优自处，世亦以侏儒、倡优畜之。所谓‘诗外尚有事在’，‘一命为文人，便无足观’，我国人之金科玉律也。呜呼，美术之无独立之价值也久矣！此无怪历代诗人，多托于忠君爱国、劝善惩恶之意，以自解免，而纯粹美术上之著述，往往受世之迫害而无人为之昭雪者也。以是之故，所谓诗歌者则咏史、怀古、感事、赠人之题目弥满充塞于诗界，而抒情叙事之作什百不能得一，其有美术上之价值者，仅其写自然之美之一方面耳。甚至戏曲小说之纯文学，亦往往以惩劝为旨，其有纯粹美术之目的者，世非惟不知贵，且加贬焉。故曰中国无纯文学也。”《静庵文集》刊于光绪三十年（一九〇四年）。这一段文字所表现的见解，在今日观之固甚寻常，在七十多年前有此见解不能不说是独具慧眼。而且这看似寻常的见解在今日仍然颇堪玩味。

在西方文学里，首先使用“纯文学”这一名词的大概是法国的波德莱尔，在一篇论埃德加·爱伦·坡的文章里。在许多批评家看来，坡的诗及其理论都是属于“纯粹”一型，例如，乔治·摩尔（George Moore）就说过坡的诗“几乎没有思想成分在内”，济慈的《秋》也是常被人提出作为纯诗的代表作之一。所谓“纯诗”，是指一首诗其中没有（一）概念的陈述，（二）教训的内容，（三）道德的说教。也可指一首诗中除了用散文可以充分解释的资料之外所剩下来的那一部分。严格讲，所谓纯诗不是抒情便是写景。纯诗一定很短，因为情贵真挚深浓，其描写不可能拖得很长，仅是就一时目力所及或想象所及，亦无法敷成长篇。“纯诗运动”在十九世纪末的法国文坛上只是引起些微的涟漪而已。

后来称赞杜诗者，总是标举“致君尧舜上，再使风俗淳”之类的句子，总是感叹他的每饭不忘君的胸怀，其实这都是毫无关涉之论。杜工部在诗中表现出念念系属朝廷，时时痌瘝斯民的态度，这只足以证明其为人之忠诚大度，不足以证明其诗作之优美。诗人之所以异于非诗人者，不在于他的笃于伦纪，垂教万世，而在于他的发乎性情，沉郁顿挫。仇沧柱《〈杜少陵集详注〉自序》云：“昔之论杜者备矣，其最称知杜者莫如元稹、韩愈。稹之言曰：‘上薄风骚，下该沈宋……铺沉终始，排比声韵……词气豪迈而风调清深，属对律切而脱弃凡近。’愈之言曰：‘屈指都无四五人，独有工部称全美，当日诗人无拟伦，笔追清风洗俗耳，心夺造化回阳春，天光晴射洞庭秋，寒玉万顷清光流。’二子之论诗可谓当矣。”这一段话说得很好，这是把杜诗当作纯文学看，底下一转说，“然此犹未为深知杜者”，底下紧接着“兴观群怨，迩事父而远事君”那一套。孔子至圣，我们没有什么可批评的。唯其文艺观念与我们所谓“纯文学”的观念实在相距很远，下开了载道之说的传统。仇沧柱的杜诗观没有超出这个传统的窠臼。王国维感慨中国没有纯文学的观念，也正是对着这个迂腐的传统而发。

戏剧就是戏剧。因为借戏剧可能略收移风易俗之效，所以一向被人视为社会教育工具之一。我们的旧式戏园，台上两支大柱照例有两条木质抱对，上面写着的无非是说忠劝孝、扬善惩恶的字眼。看戏的人谁能记得那些词句？看戏的人欣赏的是唱做旁白，感兴味的是其中的悲欢离合，甚而至于其中的打斗戏谑也能博人一粲。不过忠孝节义是我们的传统文化，已经成为定型，事实上也不悖于高贵的人性，所以在这一顶大帽子遮盖之下文艺仍可自由发展。

推行社会教育者尽管在戏园里推行社会教育，看戏的人看的仍然是戏，各行其是，并不相妨。唯独把政治信仰和经济主张来范围戏剧，情形就不同了。在缺乏自由的环境里，最难发展的是戏剧。

平心而论，文艺的领域广大，用途多端。纯文艺固然很好，载道亦无妨，用作武器也只好听便。不容否认的事实是，文学的基本任务是描写人性。譬如刀，其形状大小不一，可以切肉切菜，但是到了盗贼手里可以成为凶器，到了屠夫手里可以杀猪宰羊，到了刽子手的手里可以成为行刑的工具。我们很难说刀的任务一定是属于哪一范畴。不过，刀欲求其锋利则是可以公认的事。

纯文学不大可能成为长篇巨制，因为文学描写人性，势必牵涉实际人生，也无法不关涉道德价值的判断，所以文学作品很难做到十分纯的地步。西方所谓唯美主义，所谓“为艺术而艺术”，失之于褊狭，不能成为一代的巨流。

文学不够纯，不是大病，文学不得自由发展，才是致命伤。

亲切的风格

一百五十多年前英国批评家哈兹里特（Hazlitt）写过一篇文章《论亲切的风格》（*On Familiar Style*），开宗明义地说：

> 以亲切的风格写作，不是容易事。许多人误以为亲切的风格即是通俗的风格，写文章而不矫揉造作即是随随便便的信笔所之。相反地，我所谓的亲切的风格，最需要准确性，也可以说最需要纯洁的表现。不但要排斥一切无意义的铺张，而且也要芟除一切庸俗的术语，松懈的、无关的、信笔拈来的词句。不是首先想到一个字便写下来，而是要选用大家常用的最好的一个字；不是任意地把字组合起来，而是要使用语文中之真正的惯用的语法。要写出纯粹亲切的或真正英文的风格，便要像是普通谈话一般，对于选字要有彻底把握，谈吐之间要自然、有力，而且明白清楚，一切卖弄学问的以及炫耀口才的噱头都要抛弃。……任何人都可以用戏剧的腔

调念出一段剧词，或是踩上高跷来发表他的思想；但是用简单而适当的语文来说话写作便比较困难了。做出一种华而不实的风格，使用双倍大的字来表现你所想表现的东西，这是容易事；选用一个最为恰当的字，便不那么容易。十个八个字，同样的常用，同样的清楚，几乎有同样的意义，要在其中选择一个便不简单，其间差异微乎其微，但是却具有绝对的影响。……

他这意思是正确的。亲切不是随便，选词遣字之间很需要几分斟酌。不过写文章“要像是普通谈话一般”，这句话似乎也还可以再加斟酌。我以为，说话和写文章究竟不是一件事。是有人主张“要怎么说便怎么写”，但是我们说话通常是不打腹稿的，没有时间字斟句酌，往往都是想到即说，脱口而出，所以常有断断续续的、重重叠叠的词句，以及不很恰当的、不很明白的字词，当然更没有标点符号。假如写作如谈话，写出来的东西怕尽是些唠唠叨叨的絮语，废话连篇，徒惹人厌。使用过录音机的人一定可以理解，打开录音机听别人的谈话录音或自己的谈话录音，会觉得词句间欠斟酌、欠简练的地方太多了。如果把说话记录逐字逐句记了下来，也许是如闻謦欬，别有情趣，但是那份啰唆烦聒不成其为文章了。

语文一致当然是很好的理想。如果这理想有实现之可能，语与文要双方努力。写作要像谈话，谈话也要像写作。写作者芟除其文字中的繁文缛节，使之近似谈话，谈话者芟除其庸俗烦屑，使之近似文字。这样的语文一致岂不是更为合理？不过使文字近似谈话易，使谈话近似文字难。因为人的教育程度不一致，有人说话粗野，有人说话文绉绉，说话粗野的人写文不会文雅，说话文绉绉的人写文也不会直率。语不一致，文焉能一致？语有许多阶层，文亦有许多阶层，阶层之间难望其一致。

以方言土语写小说，例如老舍早年作品《老张的哲学》《二马》之类，使用纯粹的北平方言，从头到尾，北平人读之备觉亲切，其他地方的读者怕未必全能欣赏。这样的文字应该算是言文一致了。我以为，小说中使用方言土语应以对话部分为限，因为只有在对话部分最能传神，如果全部用方言反倒减少了效果。

我从不相信古代言文一致的说法。记得胡适之先生的《白话文学史》说起过，到了汉朝的董仲舒的时候言文才正式地分离。胡先生的《白话文学史》旨在说明白话文学不是什么新的事物而是古已有之的，这话固然不错，不过在汉以前言文一致恐非事实。试想古代文字，由甲骨、钟鼎，以至简牍，书写是多么费事，文字非力求简练不可，凡能省的字必定省去。异于白话的文言大概是这样兴起来的。“周诰殷盘，佶屈聱牙”，难道是当时的白话？《诗经》不是容易读的，近似歌谣的国风一部分也不可能是当时的白话，古往今来没有口头谈话而能整整齐齐的几个字一句而且押韵的。言文从来未曾一致过。如果一定要把口头白话写下来称之为白话文学，那也未尝不可，事实上也曾有人这样做过，据我看其中很少称得上是文学作品的。

亲切的风格仅是比较地近于谈话而已，不能“像是普通谈话一般”。

陶渊明“室无莱妇”

萧统《陶渊明传》：“其妻翟氏，亦能安勤苦，与其同志。”李延寿《南史·隐逸传》：“其妻翟氏，志趣亦同，能安苦节，夫耕于前，妻锄于后云。”皆谓翟氏安贫，与其夫志同道合。

读陶作《与子俨等疏》：“余尝感孺仲贤妻之言，败絮自拥，何惭儿子？此既一事矣。但恨邻靡二仲，室无莱妇，抱兹苦心，良独内愧。”所谓“室无莱妇”，言自己没有像老莱子之妇那样的贤妻。刘向《列女传》：“楚老莱子逃世，耕于蒙山之阳……楚王欲使吾守国之政……妻曰：‘妾闻之，可食以酒肉者，可随以鞭捶；可授以官禄者，可随以铁钺。今先生食人酒肉，受人官禄，为人所制也。能免于患乎？……’遂行不顾，至江南而止。”是翟氏之贤不及莱妇，而陶公黾勉辞世，乃是自作主张，以至于使子等幼而饥寒，“抱兹苦心，良独内愧”也。

妻而能安勤苦，自非易事，翟氏之“夫耕于前，妻锄于后”可能亦是事实。若谓其志在固穷，与其夫同志趣，恐未必然。传陶公者见陶氏夫妇躬耕乡里，遂信笔及于翟氏，不吝称其苦节耳。萧统《陶渊明传》：“公田悉令吏种秫，曰：‘吾常得醉于酒足矣！’妻子固请种粳，乃使二顷五十亩种秫，五十亩种粳。”是翟氏较渊明为达事处。先生但求有酒，主妇不能不顾一家之食。似不应因此遂兴“室无莱妇”之叹。

《咏贫士》七首，显然是先生自况，其七云：“年饥感仁妻，泣涕向我流。丈夫虽有志，固为儿女忧。”言妻子饥寒，泣涕直流，但未能挠其志，而丈夫志在固穷，但亦不能不为儿女忧。妻不挠夫之志，可敬之至，但不能禁其泣涕直流；夫不为妻所累而改其志，但衷心亦不能不为儿女忧。夫耕于前，妻锄于后，是一幅美丽图画，不知二人心中亦正各有所感，不足为外人道也。先生诗乃直言“丈夫虽有志，固为儿女忧”，道出先生心事，是先生率真可爱处。一说“丈夫虽有志……”二语乃妻子语，恐非。丈夫犹言君子，非妻对夫之称。

读杜记疑

卖药与药栏

杜甫进三大礼赋表有云："顷者，卖药都市，寄食友朋……"卖药恐怕不是真的卖药，是引用韩康"卖药长安市中，口不二价"的典故，自述旅食京华之意。有人写《杜甫传》，把杜甫真个说成一个卖药郎中，疑误。

杜诗《有客》云："不嫌野外无供给，乘兴还来看药栏。"按药草之属亦是娱目欢心之物。石崇《金谷诗序》："有清泉茂林，众果竹柏，药草之属……其为娱目欢心之物备矣。"可见杜公植药，未必是为卖药之资。何况所谓药栏亦未必就是种植草药之栏，因草药亦不需栏。《开元天宝花木记》云："禁中呼木芍药为牡丹。"木芍药即今之牡丹。药恐即是木芍药之简称。《独异志》上云："唐裴晋公度寝疾永乐里，暮春之月，忽过游南园，令家仆童舁至药栏，语曰：'我不见此花而死，可悲也。'怅然而返。明早报牡丹一从先发，公视之，三日乃薨。”药栏即种植木芍药之栏，此一明证。又按范摅《云溪友议》：“致仕尚书白舍人，初到钱塘，令访牡丹花，独开元寺僧惠澄，近于京师得此花栽，始植于庭，栏圈甚密，他处未之有也。”栏圈字样，值得注意。白乐天携酒赏牡丹，张祜题诗云：“浓艳初开小药栏，人人惆怅出长安。风流却是钱塘寺，不踏红尘见牡丹。”是药栏明指牡丹。不过杜甫多病，与药结不解缘，也是事实，在诗中班班可考。如谓凡药皆视为配病之药，则有时不免失误。杨伦《杜诗镜铨》注：“药栏，花药之栏也。”语意模棱矣。

况余白首

《观公孙大娘弟子舞剑器行》序文有句：“玉貌锦衣，况余白首。”人多认为费解。《苕溪渔隐丛话》引秦观语：“杜子美诗冠古今，而无韵者殆不可读。”仇注引申涵光曰：“诗序太剥落，‘玉貌锦衣’下如何接‘况余白首’？”指为文字剥落，殆为贤者讳耶？近人傅东华先生注杜诗：“言公孙玉貌锦衣尚归寂寞，何况已年之易老乎？”似嫌牵强，且与下文，气亦不顺。疑“况”字当作“甚”解，言公孙当年风采当已不复存在，其衰朽之态恐有甚于余之白首者。杜甫初观公孙舞，在开元三载（一作五载），尚在童稚，此诗作于大历二年，从开元五载算起，相距五十一年矣。公孙焉得不比杜公更老？下云“今兹弟子，亦匪盛颜”，正与上文语气连贯。

乌 鬼

《戏作俳谐体遣闷二首》："家家养乌鬼，顿顿食黄鱼。"乌鬼究竟是何物，众说纷纭。或谓养乌鬼，乃赛神也，养可能是赛之误，鬼者乌蛮鬼也。元微之《江陵》诗"病赛乌称鬼，巫占瓦代龟"。可为此说之有力的佐证。但养乌鬼与食黄鱼若为一事，则乌鬼殆为鸬鹚。黄山谷外集《次韵裴仲谋同年》有句"烟沙篁竹江南岸，输与鸬鹚取次眠"，所谓鸬鹚，即《本草》所谓之水老鸦，一名乌鬼，能捕鱼。因家家养乌鬼，故而顿顿食黄鱼，似亦顺理成章。魏子华《寒夜话黑鹭》一文，有云：

> 黑鹭浑身黑羽毛，是一种善捕鱼的鹭鸶，它的体形比普通鹭鸶肥壮，看起来很像大型的乌鸦，所以，家乡成都一带又叫它鱼老鸦，每年一入隆冬，天寒水浅，放鱼老鸦的人们，这就赶鸦下河，大发利市去了。
>
> 放鱼老鸦的人，他们出发之前，总是把小船或竹筏顶在头上，鱼老鸦就栖息在船或竹筏上打瞌睡。可是，当它们一见到水，可就立刻精神百倍，一头钻得不见踪影了。当它们再度浮出水面，十之八九都会嘴里衔着一条鱼，渔人只消把篙竿伸过去，它们就会乖乖地飞到竿上来，然后收回船上，取下它们的猎获物。

这“鱼老鸦”如果就是《本草》上说的“水老鸦”，当然也就是杜诗中的“乌鬼”了。

宋马永卿《懒真子录》卷四：“乌鬼，猪也。峡中人家多事鬼，家养一猪，非祭鬼不用，故于猪群中特呼乌鬼以别之。”此说亦可通，川中确是家家养猪，而杀猪祭鬼亦是习见之事，至今犹然。

数说皆有可取处，均非定论。姑且存疑，不必强作解人也。

他　日

《秋兴》八首“丛菊两开他日泪”句，“他日”应作“往日”解，非谓将来。《孟子·梁惠王下》，两次用“他日”：“他日见于王曰”，他日是过后有一天，“他日君出”，他日则是往日。“他日”本有二义，视其上下文义而定。丛菊两开，是两年已过，他日是指已过的这两年，两年之内陨泪多少，感慨系之！

《滕王阁序》：“他日趋庭，叨陪鲤对；今兹捧袂，喜托龙门。”此“他日”亦昔日之意也。

不觉前贤畏后生

《戏为六绝句》有云：“今人嗤点流传赋，不觉前贤畏后生。”语意含糊。清人汪师韩《诗学纂闻》谓：“乃诘问之言，今人诋毁庾信之赋，岂前贤如庾者，反畏尔曹后生耶？”按《论语》“后生可畏，焉知来者之不如今？”原意是说后生可能有可畏之处也。杜意今人并无超越前人之处，奈何妄议古人，故曰“不觉前贤畏后生”。贤者虚怀若谷，皆应深觉后生可畏。唯今人诋毁庾信，吾则不觉前贤应畏后生。不觉是杜甫不觉也，汪师韩释为诘问之语，反似多事。

鸡狗亦得将

《新婚别》有句：“生女有所归，鸡狗亦得将。”仇注云：“嫁时将鸡狗以往，欲为室家久长计也。”疑不洽，恐是“嫁鸡随鸡，嫁狗随狗”之意。女人出嫁，焉有携鸡狗以俱往者？杨伦《杜诗镜铨》注：“用谚语。”所见是也。将，从顺之意，不是“之子于归，百两将之”之将。陶诗《读史述九章》咏夷齐：“二子让国，相将海隅。”亦相从之意。

宋庄绰《鸡肋编》：“杜少陵《新婚别》云：‘鸡狗亦得将’世谓谚云：‘嫁得鸡，逐鸡飞；嫁得狗，逐狗走’之语也。”葛立方《韵语阳秋》：“谢师厚生女，梅圣俞与之诗曰：‘……男大守诗书，女大逐鸡狗。’”，亦同一意义。是宋人早有此解，仇沧柱殆未之见？

漫 與

杜诗《江上值水如海势聊短述》有句："老去诗篇浑漫與，春来花鸟莫深愁。"漫與，何谓也？與，或作興，然乎否耶？

仇注："浑，皆也。漫，徒也。"又云，"黄鹤本，及赵次公注，皆作漫與。韵府群玉引此诗，亦作漫與。王介甫诗，'粉墨空多真漫與'；苏子瞻诗，'袖手焚笔砚，清篇真漫與'。皆可相证。诸家因前题《漫興九首》，遂并此亦作漫興。按上联有'句'字，次联又用'興'字，不宜叠见去声。"

俞樾《茶香室丛钞》引朱彝尊《静志居诗话》云："在杜子美集有漫與五绝九首，又七言云'老去诗篇浑漫與，春来花鸟莫深愁'。浑漫與者，言即景口占，率意而作也。自元以前，无有读作漫興者，迨杨廉夫作漫興七首，而世之人遂尽去杜集之旧，易與为興矣。"此说是也。[1]

丧家狗

杜诗："昔如纵壑鱼，今如丧家狗。"丧家狗，典出《史记·孔子世家》："郑人或谓子贡曰：'东门有人，其颡似尧，其项类

[1] "與"已简化为"与"，"興"简化为"兴"。——编者注

皋陶，其肩类子产，然自要以下不及禹三寸，累累若丧家之狗。’子贡以实告孔子。孔子欣然笑曰：‘形状，未也，而似丧家之狗，然乎哉！然乎哉！’”此丧字应作平声读，抑应作去声读耶？

《群书札记》：“《瓮牖闲评》：家语，累累然若丧家之狗，丧字当作去声，言如失家之狗耳。故苏东坡诗云‘惘惘可怜真丧狗’，是矣。而元微之诗乃云‘饥摇困尾丧家狗’，又却作平声用，何也？按：王肃注‘丧家狗，主人哀慌，不见饮食，故累然不得意’。孔子生于乱世，道不得行，故累然，是不得意之貌也。韩诗外传，‘丧家之狗，既敛而椁，布器而祭，顾望无人，意欲施之。’丧字作平声读。唯孔颖达《春秋正义序》，‘虚叹衔书之凤，乃似丧家之狗’，丧字作去声读，不得执此而议彼也。”

按，丧字本可有两种读法，意义迥然有别。世家丧家之狗，依王肃注读平声，近是。杜诗以丧家狗对纵壑鱼，就意义而论，似宜作去声。

不是烦形胜，深愁畏损神

《上白帝城二首》的第一首，前四句写景，后八句感怀，最后两句“不是烦形胜，深惭畏损神”作何解？

傅东华注《杜甫诗》二〇三页云：“言若徒深惭而不借形胜以自解，则恐损神耳。旧注以烦为烦厌之烦，则与前‘一上一回新’句不合矣。”此说恐非。第一，因“一上一回新”，故“不是烦形胜”，意义连贯，并无不合。第二，烦字不作厌解，当作何解？

傅说对此点无交代。

杜诗《江畔独步寻花七绝句》有云："不是爱花即欲死，只恐花尽老相催。"其句法可供参照。"不是……"是否定，"只恐……"是肯定。"不是烦形胜"，《杜诗镜铨》注"言形胜非不可喜"，仇注云"我非厌烦此间形胜"，似均不误。

平心而论，此两句不佳，不但意义嫌晦，构想亦殊平庸。《杜诗集评》引李因笃批语云，"畏损神三字李本抹云'凑而混'"。凑而混者其实不止此三字。

天子呼来不上船

《饮中八仙歌》写李白"天子呼来不上船"，船即是舟船之船，一般均如此解释。

元人熊忠撰《古今韵会举要》，据云"衣领曰船"。明人张自烈撰《正字通》，据云"蜀人呼衣系带为穿，俗因改穿作船"，似此船字乃另有解释。

《钱笺杜诗》曰："玄宗泛白莲池，命高力士扶白登舟，此诗证据显然。注家谓：'关中呼衣襟为船；不上船者醉后披襟见天子也。'穿凿可笑。赵次公云：'白在翰院被酒。扶以登舟，则竟上船矣，非不上船也。'此尤似儿童之语。夫天子呼之而不上船，正以扶曳登舟状其酒狂也。岂竟不上船耶？"钱笺是也。

偶阅国语日报副刊《书和人》第二二〇期（六二、九、二十九），罗锦堂先生讲《英文本中国文学史初探》，评及柳无忌著《中国文学概论》，说到“不上船”的问题：

> “上船”两字，一般人都根据范传正的李公新墓碑，说是玄宗泛舟，李白不在，因而命高力士扶李白登船。……我觉得这种说法不太妥当，因为李白明明是上船了，为什么说“不上船”呢？根据《荥阳县志》卷十四提到人的鞋底就叫船。此外，《韵会》说：“衣襟谓之船。”《正字通》说：“衣领谓之船。”我们现在不讨论“船”到底是指鞋子、衣襟，或衣领，但“不上船”是表示衣服没有穿整齐的意思，而不是指真的船。

罗先生的主张似是没有脱离赵次公的窠臼与《韵会》《正字通》的别解。钱笺未被驳倒之前，船字似以仍从正解为妥。

藤轮

《赠王二十四侍御契四十韵》：“长歌敲柳瘿，小睡凭藤轮。”（鲍照诗“花蔓引藤轮”）藤轮，何物也？蔡梦弼以为是车轮，人焉有凭车轮而睡者？王诛以为是蒲团，未闻有以藤制团者。仇兆鳌以王说为是。施鸿保《读杜诗说》认为皆非，“疑即藤枕，今犹有之，以其体长而圆故称为轮”。其实藤枕固今犹有之，但以其长而圆而称为轮则甚牵强，轮非长而圆者也，且凭枕而睡事属寻常，了无诗意，与上句敲柳瘿不相称。

疑宜就字面解释，无须更进一层。藤轮即是藤干盘曲之做轮形者，轮者，圆圈也。老藤近根之巨干多作轮形，故藤轮即藤之干。敲柳瘿而长歌，凭藤轮而小睡，诗意亦相称。

剑　外

杜诗《闻官军收河南河北》一首是众所熟知的，有人对第一句“剑外忽传收蓟北”中之“剑外”二字发生疑问。剑是剑阁，或剑门，剑外系何所指？是指剑南，还是指剑北？二说似皆可通。“剑外忽传……”可以解为剑阁以南一带正在传说，也可以解为收蓟北的消息正在从剑北长安方面传了过来，但究竟何所指则颇费思量。

按剑门天险，抗战期间我曾途经其地，是自广汉穿过剑阁而入汉中的必经之地。李白《蜀道难》所谓“剑阁峥嵘而崔嵬，一夫当关，万夫莫开……”确是形容尽致。我因为汽车抛锚，在县城外一小茅店留宿一夜，印象益为深刻。李白诗《上皇西巡南京歌》有“剑阁重关蜀北门”之句。剑阁实乃蜀之北门。蜀地难攻易守，剑门之险阻乃其原因之一。《晋书·张载传》：“太康初，至蜀省父，道经剑阁，载以蜀人恃险好乱，因著铭以作诫。益州刺史张敏奇之，表上其文，武帝遣使镌之于剑阁山焉。”这《剑阁铭》我是读过的，虽然没有看过山上的镌刻。铭里有这样的句子："唯蜀之门，作固作镇，是曰剑阁。"凡此可见剑阁是蜀之北方门户，所以拒外人之南侵，而非秦地之人在此设险以防蜀人之北犯也。

杜甫作此诗时在梓州，即今之梓橦一带，剑阁即在梓橦之东北，诗作于广德元年。杜甫在此地听到剑北传来捷报，所以才涕泪满衣裳。捷报是从河南河北传到长安，再由长安传到剑南。剑外传来的消息使得剑南的人闻之大喜若狂，这不是很自然的吗？

再举一例以为旁证。号称天下第一关之山海关，据《读史方舆纪要》云："渝关，一名临渝关，亦曰临闾关，今名山海关……明初以其倚山面海，故名山海关，筑城置卫，为边郡之咽喉，京师之保障。"山海关虽然是通往东三省之咽喉，但是其建立实乃是为了"京师之保障"，不是为了东北之保障，俗语说"少不入川，老不出关"，出关，出山海关也。到关外去，是出了山海关到东北去也。关外指东北，因为山海关屏障京师，站在京师的立场上说话，关外当然是指东北了。杜甫身在蜀地，所谓剑外似乎当然是指剑门以北长安一带了。

苏东坡《满江红·寄鄂州朱使君寿昌》，"君是南山遗爱守，我为剑外思归客，对此间风物岂无情，殷勤说"。他也使用"剑外"一语，不知他是否袭用杜甫诗中"剑外"二字。按东坡写此词时是在黄州，和杜甫之身在四川不同。东坡所谓剑外，可能是指剑南，其意若曰"我是四川人，想回四川去"，但亦可能是说自己现在是流落在剑门山以外的人，所以想回家乡去。剑外泛指任何剑门山以外之地，不知孰是。

《曾孟朴的文学旅程》

曾孟朴先生生于清同治十一年（一八七二），卒于民国二十四年（一九三五），是清末民初的一位著名的作家。他的家在江苏常熟县，是有钱的大地主家庭，从南宋以来八百年间即定居该地，拥有良田约一千亩。六岁开始读书，但不喜研习经典，喜作文学探险，广泛涉猎中国的传统文学。十八岁，秀才院试，第七名。二十岁，中举，一百零一名。二十一岁进京会试，因试卷污墨被刷。捐官为七品内阁中书。在京为官期间认识了洪钧和赛金花。二十三岁入同文馆法文班，就学八个月拂衣而去。从此不再尝试入仕清廷。研读法国文学名著，此后不断地从事翻译介绍。光绪三十年（一九〇四）联合友人创立“小说林书社”，致力于小说的创作与出版，这正是林纾等人在商务印书馆大量印行小说译作的时候。翌年《孽海花》出版，署名“东亚病夫编述”。民国元年当选江苏省议员，嗣后，转入仕途，历任官产处处长，兼办淮南垦务局事宜，财政厅长，政务厅长，民国十五年结束了他的从政时期。为官十五年，两袖清风。此后乃专心致力于出版与写作，创立真美善书店于上海，修续《孽海花》，翻译法国文学。晚年因健康关系放弃文学活动，消磨岁月于灌园莳花之中。这是孟朴先生一生经历的概要，比较详尽的资料具见《曾孟朴的文学旅程》一书，李培德著，传记文学出版社印行。

关于孟朴先生有几件事特别值得我们注意。首先我们注意他的时代，光绪二十年中日战争爆发，他二十二岁，战事的惨败彻底暴露了清廷的无能与维新运动之禁不得考验，有志之士没有不感慨奋发的。孟朴先生是当时的觉悟分子之一，在竞相学习声光化电的潮流之中，他走的是研究法国文学的路子，这显然与他的学殖和交游有关，究竟他的眼光不同凡响。文学也不失为救国之一道。他说："不要局于一国的文学，嚣然自足，该推广而参加世界的文学！"这是何等的胸襟。

林纾是孟朴先生同时代的人，他翻译的小说在数量方面是惊人的，商务印书馆出版了一百九十三部小说，大部分是他译的。林纾的功绩不可没，但是成绩却不高明。孟朴先生对他进了两项忠告：一是劝林纾用白话；二是建议林氏对他的译品应预定标准，多加抉择。可惜林纾成见甚深，没有接纳他的意见。小说不用白话，是自寻苦恼；译书而无抉择，是浪费精神。孟朴先生所译，包括雨果作品七种，莫里哀一种，左拉两种，都是第一流的法国文学作品。在这一点上孟朴先生似应在林纾之上。

《孽海花》这部小说，据光绪三十年有关该书的广告，是这样说的："此书述赛金花一生历史，而内容包含中俄交涉、帕米尔界约事件、俄国虚无党事件、东三省事件、最近上海革命事件、东京义勇队事件、广西事件、日俄交涉事件，以至今俄国复据东三省止。又含无数掌故、学理、逸事、遗闻。精彩焕发，趣味浓深……”被称为“政治小说”。光绪三十一年该书正式出版，广告措辞大致相同：“本书以名妓赛金花为主人公，纬以近三十年新旧社会之历史，如旧学时代、中日战争时代、政变时代，一切琐闻逸事，描写尽情。小说界未有之杰作也。”又被称为“历史小说”。我看称之为历史小说较为妥当。我不知道孟朴先生当初撰写小说时，对于西方历史小说这一类型有无明显的认识，但是我知道他在光绪三十三年的时候看到林纾于六个月内译成英国小说家司各特的两部小说《十字军英雄记》与《剑底鸳鸯》而感到非常欢喜，以为从此吾道不孤。司各特实乃近代西方历史小说之奠基者，他虽是苏格兰人，他的小说在欧陆上影响很大，像大仲马、雨果、托尔斯泰，都曾步武他的后尘。把历史人物与事实和虚构的角色与情节糅合在一起，乃是古已有之的一种文章技巧，但是在西方严肃的历史小说，则到了一八一四年司各特的《威弗利》才算正式形成。所谓历史小说，大概要包括下述的几个条件——

第一，作者须对所描写的过去一段历史有深入而广阔的了解。历史小说之典型的公式是描写两个矛盾冲突的文化，一个是式微的文化，一个是新兴的文化。

第二，虚构的人物与真实的人物一同在历史的环境中出现，而且同样的是那一个时代环境影响下的产物。

第三，所描写的历史与写作的时代有相当的距离，其中人物具有相当的重要性，其中事迹有相当重大的影响。

第四，也可以有例外，纯以人物描写为主，历史只是一个背景，或以冒险故事为主，以历史为纯粹的背景。

《孽海花》似乎是具备了历史小说的主要条件，只是故事发生的期间距离他写作的时候稍近一些，以至带有相当浓厚的写实的色彩，而又成为社会抗议的小说了。不管它是归于哪一类型，这部小说都是一部成功的作品，至于其中是否含有倾向于革命的色彩，那倒无关紧要。

《登幽州台歌》

陈子昂《登幽州台歌》：“前不见古人，后不见来者。念天地之悠悠，独怆然而涕下。”所谓“前不见古人，后不见来者”，不是自我夸大以空前绝后自许，重点在一“见”字。盖谓人生短暂，孤零零的一橛，往者不及见，来者亦不及见，平素浑浑噩噩，无知无觉，一旦独自登台万虑俱消，面对宇宙之大，顿觉在空间时间上自己渺小短促得可怜，能不怆然涕下乎？这正是佛家所谓的“分段苦”。

《文学世界》（香港笔会出版）第二十六期有《陈子昂诗评价》一文，引述李沉的评语：“先朝之盛时既不及见，将来之太平又恐难期，不自我先，不自我后，此千载遭乱之君子所共伤也。不然，茫茫之感，悠悠之词，何人不可用？何处不可题？岂知子昂幽州之歌，即阮公广武之叹哉！”又加按语曰：“余按阮籍登广武城观楚汉战处，叹曰：‘时无英雄，使竖子成名。’所谓竖子，盖指司马氏也，今子昂幽州之歌，其心目中之竖子，武氏也。”

以悲歌慷慨之杰作，解释成为私人遭乱感伤之词，所见者小矣。

子昂《感遇诗三十八首》，有“闲卧观物化，悠悠念无生”，“幽居观大运，悠悠念群生”，“大运自古来，旅人胡叹哉”，以及其他类似之句，皆勉仰今古惆怅生悲之意，可参阅也。《中国语文》第三十四卷第五期载友人刘中和先生演示《登幽州台歌》，全文如下：

> 唐朝初年，四川人陈子昂（六五六—六九八）十八岁才开始读书，独自力学，自己觉得学有成就了，去首都长安。见有人卖胡琴，要卖百万钱；许多贵人名士都围着观看，陈子昂用一千贯买下来。大家都惊异地问他，他约好明天在某酒楼，大诗人都常去的地方，表演胡琴。明天，大家都到了，陈子昂一口四川土腔，慷慨激昂地说：“在下四川陈子昂，有诗文百首，分赠各位欣赏。胡琴乃是贱工的事，我怎能表演？”当场把胡琴打碎，把诗文分送各人。大诗人们一见陈子昂的作品，大为惊骇钦佩，从此陈子昂名满长安。
>
> 那时的大诗人有杜审言、宋之问、王勃、骆宾王等，都作浮华的诗。而陈子昂所作都是古朴高劲、内容深厚的；火候骨力，都在当时一般大诗人之上。因此他内心感到很寂寞很苦闷，竟找不到一个同等笔力的诗人做朋友，可以互相倾心吐胆畅谈。在陈子昂以前，只有汉魏诗人，如曹操父子，和建安年代的七位诗人，被称为建安七子的，诗的风骨高古，是陈子昂所崇仰的。建安之后，数百年来，诗风一直走向浮

华，往往言之无物，陈子昂最为厌恶，古人既已远不可见，无法相会相谈，而当今之世，只有自己一人。再向以后年轻的一辈看看，却又不见有后起之秀追踪上来。晚一辈的诗人，也多半走向新浮华派；虽然有古体诗人张九龄，但他比陈子昂又小二十多岁，还未成熟。有一位比陈子昂更高的古体派诗人，和陈子昂意见作风一致的，那就是李白；而李白却出生于陈子昂死后三年，二人不得相见，多么遗憾！

一次，他在北平附近的幽州台上登高，面对着广阔无边的天和地，天和地又只向时代交白卷，没有献出更伟大的诗人。他又触发了自己的感伤：自己一死之后，高古的诗风就将断绝，无人继响。于是他高声吟诵出来一首诗歌：

前不见古人，后不见来者。

念天地之悠悠，独怆然而涕下。

以往的人读这首诗，把者字读 zhǎ，下字读 xiǎ，以便押韵。这首《登幽州台歌》，最重要的就是一个“独”字，多么孤寂！从另一方面说，也可见陈子昂此人多么高傲。但他死后有李白，又有韩愈，都很崇仰他，他确不愧为初唐第一诗人。

刘先生把陈子昂悲哀的缘由解释成为“自己一死之后，高古的诗风就将断绝，无人继响”。陈子昂虽然恃才傲物，可能有类似杜审言“但恨不见替人”的自负的想法，但何至于前不见古人呢？我不能无疑。

《词林摘艳》

偶然看到影印的《词林摘艳》一书，原书是明嘉靖乙酉（一五二五）木刻本，是元明戏曲歌词的一个汇集，辑者为张禄。他根据《盛世新声》而加以增补修订，包括小令、散套、杂剧诸体。辑者自序云：

> 今之乐犹古之乐，殆体制不同耳。有元及辽金时，文人才士审音定律，作为词调，逮我皇明，益尽其美，谓之今乐府。其视古作，虽曰悬绝，然其间有南有北，有长篇小令，皆抚时即事、托物寄兴之言，咏歌之余，可喜可悲，可惊可愕，委曲婉转，皆能使人兴起感发，盖小技中之长也。然作非一手，集非一帙，或公诸梓行，或秘诸誊写，好事者欲遍得观览，寡矣。正德间，裒而辑之为卷，名之曰盛世新声，固词坛中之快睹，但其贪收之广者，或不能择其精粗，欲成之速者，或不暇考其讹舛，见之者往往病焉。余不揣陋鄙，于暇日正

其鱼鲁，增以新调。不减于前谓之林，少加于后谓之艳，更名曰词林摘艳。锓梓以行，四方之人，于风前月下，侑以丝竹，唱咏之余，或有所考，一览无余，岂不便哉？观者幸怜其用心之勤，恕其狂妄之罪。

编辑戏曲词调，有什么狂妄之罪可言！据影印者弁首所加之说明，此书之特别价值在于收录许多当时风行的新调子，如锁南枝、傍妆台、山坡羊、耍孩儿、驻云飞、醉太平、罗江怨、哭皇天等。并且说："由此可以考见当时时调小曲发生和发展的一般情况，也可以考见戏曲在发展过程中，如何吸收民间小曲来充实和革新自己的内容和形式，使戏曲本身更为广大的群众所喜闻乐见的艺术加工情况。并且可以证明元明戏曲之所以卓绝千古，和它善于吸收时尚小令的内容和形式是分不开的。"这一段话颇有新八股的味道。集中收录不少当时流行的曲调，这话不错，但是成于嘉靖年间的书，那时节明朝已过了大半，这集子不收这些曲调可收什么呢？"吸收民间小曲来充实和革新自己（戏曲）的内容和形式"，尤为夸大其词。戏曲的充实与革新并不在于引进一些"时尚小令"，元明戏曲之所以卓绝千古更与"时尚小令"没有多大关系。

我们中国的戏曲之兴盛，肇自元朝，实际在发展上受到许多束缚。所谓戏曲离不了歌唱，毋宁说是以歌唱为主。声乐与戏剧的结合，从世界历史的眼光看，是相当古老甚至原始的一种形态，大势所趋，唱与戏是会逐渐分离的。我们中国的戏曲比较长久地保持歌唱的成分，这一现象对于戏剧发展究竟是有益抑是有害，是值得研究的一个问题。我个人粗浅的看法，乐与诗结合在一起，如《诗经》中各诗那样，或乐与戏结合在一起，像元明戏曲那样，固未尝不可，但长远地看是两败俱伤，究不如分开各自发展。《词林摘艳》所要收录的是当时的今之乐府，事实上记录下来的是唱词，完全是文字，没有音乐，读者全然无法知道“耍孩儿”是怎个唱法，“醉太平”是什么腔调。即使我们知道这些曲牌的谱子，与戏剧的内容与形式又有什么关系？要了解戏剧，需要着眼于其中动作与对白，歌唱应为余事，辞章更属次要。看《词林摘艳》及其他类似的书，我们接触的只是一些文辞，不是消极颓废的或隐逸高蹈的抒情文字，便是绮丽萎靡的爱情诗章，要想从中窥见戏剧发展的形迹或其内容与形式的演变，真是万难。我们中国士大夫喜欢寻章摘句，喜欢倚声弄乐，而所谓“民间”，所谓“广大的群众”，大部分要的是舞台上的动作和对白，顾曲周郎是少而又少的。所以看《词林摘艳》，不是看戏曲，也不是听歌唱，只是玩赏其中的一段一段的词。就词论词，管他是中吕也好，仙侣也好，引用当时不少的白话口语，明白晓畅，朴素天真，是其可喜处。

明（代）吕景儒散套《庄子叹骷髅》颇有情趣，录之以见一斑：

【哨遍】守道穷经度日，谢微官不受漆园吏，归来静里用功夫，把南华参透玄机。战国群雄骚扰，止不过趋名争利，怎似俺乐比鱼游，笑谈鹏记，梦逐蝶迷！青天为幕地为席，黄草为衣木为食，跳出樊笼，历遍名山，常观活水。

【耍孩儿】自从会得园中意，清湛灵台似洗。鼓盆之后再无妻，任逍遥南北东西，闲来时呼童添火烧黄篆，兴至也与客携壶上翠微。偶行过荒田地，见一个骷髅暴露，不由我感叹伤悲。

【二煞】向前来细细看，退后来暗暗推，最可惜四肢五脏无踪迹。饥乌啄破天灵盖，饿犬伤残地阁皮。这模样真狼狈。映斜阳眼眶中精散，受阴风耳窍内静寂。

【三煞】骷髅啊！你莫不是巴钱财，离故乡？你莫不是为功名到这里？你莫不是时乖运拙逢奸细？你莫不是蛊毒魇魅无人救？你莫不是暑湿风寒少药医？今日个自作下谁来替？只落得，闹穰，朝攒着蝼蚁，冷清，夜伴着狐狸。

底下四煞五煞以至于十一煞，都是“骷髅啊！你莫不是……”或“骷髅啊！你也曾……”一声声的钉问。再加上一个尾声：

骷髅啊！南山竹，书不穷，你那愚共贤；北海波，荡不尽，你那是与非。我如今掘深坑埋你在黄泉内，教你做无灭无生自在鬼。

这一个散套令我联想起莎士比亚的《哈姆雷特》第五幕第一景那两个挖坟人的对话：“那颗骷髅也曾有过舌头，也曾会唱……也许是一个政客的，伤天害理的政客……也许是一位会说‘大人早安！大人尊体如何？’的廷臣吧？……也许是个律师的骷髅吧？……也许是个地皮大买主……”一连串的“也许是”和“也曾”和《庄子叹骷髅》如出一辙，只是莎士比亚写这一段戏词晚了约半个世纪。骷髅引人兴叹，原是中外一致，所谓人同此心，心同此理。

唐云麾将军碑

十余年前唐嗣尧先生赠我一册石印《唐云麾将军碑》拓片，原拓片为嗣尧先生所珍藏。李北海的书法有晋人神韵，此碑尤为美妙。唯展读其题跋文字，则颇有可议之处。例如：

傅增湘（藏园居士）先生乃收藏大家，版本之学甚精，竟有若是之文字："李北海所书有两云摩碑，此为李思训，迄今尚完好。……"按此碑原在陕西蒲城县，勒于开元八年（七二〇年），高三百三十二点五公分，宽一百二十三公分，乾隆年间毕沅为陕西巡抚，移置西安孔庙碑林。此碑今尚存，但早已大半漶漫。嗣尧先生藏本是否宋拓，抑是元拓，非有多种较近拓本比较研究恐难断定，唯其为相当旧拓则无可疑。据日人西川宁《西安碑林》，我们可以看出该碑文字计三十行，每行七十字，由上而下自第三十四字左右起即漶漫不可辨识，下端一小部分尚清晰。全文在二千字左右（因行间有空白处约占八十字）。今唐先生所藏拓片，仅得八百九十五字，是尚不及一半。傅增湘先生所谓"今尚完好"，不知何据?

又冯恕（公度）先生跋文谓：“云麾此拓尚系旧拓。裱者任意剪裁，文理凌乱，为可惜耳。”吾不能不为裱者叫屈矣。唐先生石印拓本第三页，“因为以”三字之下即不可辨识，故下面之“守中轿垂……”乃碑文第三行之起始。第九页“字建陇西”四字之下即不可辨识，故下面之“至今徙于秦”……乃碑文第四行之起始。第五页“子侍中”三字下即不可辨识，故“□讳叔良……”乃碑文第五行之起始。余类推。碑文一半漶漫，拓者便就其上半截拓之，试问裱者如何能不使“文理凌乱”耶？“任意剪裁”云乎哉！此碑原物或其完整之拓本，恐冯先生迄未寓目。

西川宁所得之晚近拓片，与唐嗣尧所藏之拓片，试加比较即可发现二者无大歧异。唐本是否宋元时拓，殊为可疑，唐本可能比一般拓本略佳，恐系拓工优劣不等之故耳。

金缕衣

杜秋娘诗："劝君莫惜金缕衣，劝君惜取少年时。花开堪折直须折，莫待无花空折枝。"此诗浅显而有味，收在《唐诗三百首》里，流传很广，其意义不需解释。

杨牧先生在三月号《中外文学》里有《惊识杜秋娘》一文，对此诗提出一个新的解释，以为："金缕衣不是活人无端穿的锦衣，而是死人穿着的寿衣！"他说："'纨与素'是可以穿戴游戏的，金缕衣却唯有人死以后才贴身穿在尸体上，以为可以保存尸体之不朽。一九六八年河北满城发掘西汉中山靖王刘胜及其妻子窦绾的两座古墓，用黄金制成的丝缕缀连而成，故亦称'金缕玉衣'，以之包扎尸体上下，四肢五官部位，宛然可辨。出土的两套金缕衣，一长约一百八十八厘米，一长约一百七十二厘米，从图片上看来，确是金光灿烂之物。"显然地，杨牧先生之所以做此新解，是由于金缕衣出土而获得启示。

事实上，所谓"金缕玉衣"，《后汉书》已有相当详细的记载：

“《汉旧仪》曰：帝崩唅以珠，缠以缇增十二重。以玉为襦，如铠状，连缝之，以黄金为缕，腰以下以玉为札，长一尺二寸半，为柙，下至足，亦缝以黄金为缕。”据此则玉襦以像铠甲，匣即像铠甲之札，所谓甲叶也。金缕玉柙原是帝王裹尸之物，后来没有帝王身份的人，甚至如宦官之类也有僭用的，这在历史上也有记载。大陆出土之物当然很有价值，让我们可以看到古帝王的一种排场。唯此“金缕玉衣”是否杜秋娘所指的“金缕衣”，不无可疑。

白居易《秦中吟·议婚》诗：“红楼富家女，金缕绣罗襦。”指活人穿的衣裳。杜工部《哭严仆射归榇》“风送蛟龙匣”，苏东坡诗《薄薄酒》“珠襦玉柙万人相送归北邙”，龙匣玉柙则是指死人穿的衣饰。死人穿的那种全套衣饰不称为“金缕衣”。只能称为“金缕玉衣”或“金缕玉柙”或“罗襦玉柙”。《红楼梦》第三回“（凤姐）身上穿着缕金百蝶穿花大红云缎窄褃袄”，想缕金也就金缕之意。金缕状华丽富贵。金缕不仅用以缝衣，也可以制其他物件，如李后主词《菩萨蛮》“刬袜步香阶，手提金缕鞋”，是鞋可金缕。《邺中记》“石虎时著金缕合欢裤”，是裤可金缕。《古诗为焦仲卿妻作》“流苏金缕鞍”，是鞍可金缕。故金缕衣仍即是活人穿的金缕衣。

《传法偈》

偶读明代高僧憨山大师文集，他屡次提到毗舍浮佛传法偈。他说当初黄山谷以书法及诗作名天下，很多人来求墨宝，他不大写他自己的诗，他最爱写的是这一首《传法偈》。偈云：

假借四大以为身，心本无生因境有。
前境若无心亦无，罪福如幻起亦灭。

黄鲁直如此推崇此偈，其中必有深意。从字面上看，好像并无什么奥秘，不外是普通的佛家说教，“但欲空诸所有，不愿实诸所无”。可是仔细钻研了几年，自以为除了一点点粗浅的了解之外也还不能无疑。

第一句没有什么困难，熟读《金刚般若波罗蜜经》，便可明白四大皆空的道理。人之大病在于有身，其实此身并非实有，不过是地、水、火、风四种元素的组合。《圆觉经》：“我今此身四大和合，所谓毛发爪齿皮肉筋骨脑髓垢色，皆归于地；唾涕脓血涎沫津液痰泪精气大小便利，皆归于水；暖气归火；动静归风。四大各离，今者妄身，当在何处？”《菩萨璎珞经》：“四大有二种，一有识，二无识。”有识即是指身内之四大，无识指身外之地水火风。人在物故之后，此身之四大和合不复存在，分别归于四大，这道理非常清楚。但是一息尚存之际，即难不有物我之分，耳之于声，目之于色，肌肤之于感触，处处皆足以提示此身乃我之所属有。若说这是“妄身”，那也只有在“四大各离”之后才能有此想法，而我们知道在“四大各离”之后，便什么想法也没有了！没有实，也没有妄！不过若说此身的存在时间有限，早晚归于四大，不能长久存在，这当然是无可否认的事实。

人除了身之外，还有心。心不是四大和合的产品，可是我们能思维，有喜怒哀乐，好像随时可以证明心的存在是确实不虚的。偈云“心本无生因境有”，如何解释呢？这一疑问困扰了我好几年。读佛学书困难之一是其术语很多，有时含义亦不一致，故难索解。翻《汉英佛学词典》，发现“无生”可以译为 immortal，我这才自以为恍然大悟。翻译时常能帮助我们理解原文，因为译文是经过咀嚼的，可能是冲淡了的，可是容易消化吸收，“无生”二字在此应作为形容词。有生即有死，无生即无死。心原是无生无死的。佛学上所谓“无生法忍”，所谓“明心见性”，我仿佛都可以明白是怎样一回事了。“因境有”三字又作何解？我们常听说，“境由心生”，现在怎么又说“由境有心”呢？我想，这个“有”字大概是“无生”中的“无”字之对。immortal 又变成 mortal 了，于是遇境则七情六欲种种颠倒妄想纷然而生，此境一旦幻灭不复存在，则此心仍恢复其本来湛然寂静的状态，即所谓“时时勤拂拭，莫使染尘埃”了。《金刚经》：“一切有为法，如梦幻泡影，如露亦如电，应作如是观。”即是“罪福如幻起亦灭”的意思。

悬　记

“悬记”是佛家语，犹言“预言”。所贵乎预言者，必须事后证明其言不诬，言而不中则适见其鄙。

《大莲华经》，大士悬记正法兴替住灭，略曰：

> 南阎浮提释迦佛教法住世，原有五千五百年之因缘，因度女人，减五百年。释迦佛出世时，人寿八十岁。后每过百年，减寿一岁。至人寿五十岁时，战争迭起，风俗浇薄，毁坏佛说经典，塔婆制多，城池堡垒，亦多撤毁。天魔恶神，威势炽盛。天运无常，晴雨不时，五谷不登，饿殍遍地，疾疫时作，人不自主，兄弟相讼，母女相猜，女人多不贞良，小儿不受约束……

此一悬记问题甚多。佛的教法住世只有五千五百年之因缘，因度女人而减五百年之说甚离奇。而关于人寿云云，现可证明其说与事实不符。佛出世时人寿八十，后每百年减寿一岁，千年之后减无可减，人种不灭绝耶？现在事实证明人类平均年龄是在延长，未见其缩短。大士奈何作此妄语？

竹林七贤

《水经注》："魏步兵校尉陈留阮籍，中散大夫谯国嵇康，晋司徒河内山涛，司徒琅邪王戎，黄门郎河内向秀，建威参军沛国刘伶，始平太守阮咸等，同居山阳，结自得之游，时人号之为竹林七贤。"

《世说新语·任诞》："陈留阮籍、谯国嵇康、河内山涛，三人年皆相比，康年少亚之。预此契者，沛国刘伶、陈留阮咸、河内向秀、琅邪王戎。七人常集于竹林之下，肆意酣畅，故世谓竹林七贤。"

何启明先生著《竹林七贤研究》，对于七贤事迹考证綦详，洵为最新之佳构。何先生在《前言》云："竹林七贤，名属后起；竹林之事，亦难信真。"又曰："竹林之事，既初传于晋世中朝以后，初非七贤生时之本有……而山阳故居，亦本无竹林。竹林诸人但如建安之七子，正始、中朝之名士，不过后人一时意兴所至，聊加组合耳。"结论曰："竹林之事为后所造作。"此一论断似甚正确。不过何先生也承认“七贤生时固有所交往遇合也”，否则后人亦不可能加以组合。

关于竹林，陈寅恪先生曾经有说，陈文我未读过，杨勇先生《世说新语校笺》（一九六九年十月初版）页五百四十八转引陈先生文曰：“竹林七贤，清谈之著者也。其名七贤，本论语贤者避世，作者七人之义。乃东汉以来，名士标榜事数之名，如三君、八厨、八及之类。后因僧徒格义之风，始比附中西而成此名；所谓‘竹林’，盖取义于内典（Lenuvena），非其地真有此竹林，而七贤游其下也。《水经注》引竹林古迹，乃后人附会之说，不足信。”陈先生博览群籍，时有新解，此其一例也。此处Lenuvena一字系误植，应为Venuvena，梵文“竹林精舍”之意，音译为“鞞纽婆那”。

按：《卫辉府志》“竹林寺在县西南六十里，旧为七贤观，后改为尚贤寺，又改今名，即晋七贤所游之地”云云。这是沿用《水经注》之说，不过标出了“竹林寺”之名，按晋时洛阳即有竹林寺，与内典所谓“竹林精舍”似相暗合。杨勇先生《世说新语校笺》认为“陈说有见”，从而论断曰“竹林为一假设之地”。并且更进一步，根据“《文物》一九六五年八月期，有南京西善桥晋墓砖，刻竹林八贤图，则有嵇康，阮籍、山涛、向秀、刘伶、阮咸、荣启期等八人”，从而论断曰：“七贤、八贤亦一通名耳。”（八贤只举七人，王戎未列入）晋砖之发现，饶有趣味，唯七贤之外加入荣启期，则事甚离奇。荣启期，春秋时人，与七贤相距约有千年，何以于隐逸高贤之中独选荣启期，与七贤并列，似嫌不伦。荣启期之为高人，吾人并无间言，其事见《列子·天瑞》篇。“孔子游于泰山，见荣启期行乎郕之野，鹿裘带索，鼓琴而歌，孔子问曰：‘先生何乐也？’对曰：‘吾乐甚多。天生万物，唯人为贵，而吾得为人，是一乐也。男女之别，男尊女卑，故以男为贵，吾既得为男矣，是二乐也。人生有不见日月不免襁褓者，吾既已行年九十矣，是三乐也。贫者士之常也，死者人之终也，处常得终，当何忧哉？”这一段记载，写出荣启期之旷达，跻于八贤之列，自无愧色，唯冠以竹林字样，一似与七贤亦有交往者，斯可怪耳。

竹林也好，竹林寺也好，黄河流域一带可以有竹林则为不争之事实，晋戴凯之《竹谱》以为竹之为物“九河鲜育，五岭实繁”，实非笃论。远至北平西山八大处，亦有竹林可以供人啸傲其间，何况河洛？竹林二字久已成为隐逸之代名词，所以竹林七贤、八贤之说，亦不必拘泥字面多所考证矣。

管仲之器小哉

以前在一张国语日报上偶然看到一位胡坤仲先生写的《管仲之器小乎》一文，他说起高一国文第十二课司马光的《训俭示康》有“管仲镂簋朱纮，山节藻棁，孔子鄙其器小”一语，当时学生提出质问：“管仲那么奢侈，孔子怎么说他器量狭小？”这一问把胡先生问得愣住了。

《论语·八佾》：“子曰：‘管仲之器小哉！’或曰：‘管仲俭乎？’曰：‘管氏有三归，官事不摄，焉得俭？’‘然则管仲知礼乎？’曰：‘邦君树塞门，管氏亦树塞门；邦君为两君之好，有反坫，管氏亦有反坫；管氏而知礼，孰不知礼。’”孔子说管仲器小，是以俭与礼二事为证。在孔门哲学中，俭与礼都是极关重要的修身法门，所以子贡称赞孔子的美德是温良恭俭让，俭最要紧，由俭可以知礼，因为都是属于克己的功夫。管仲奢侈，有三个小公馆，生活靡费，所以孔子说他器小。所谓器，就是器量，也可解为器识。器有大小，非关才学。镂簋朱纮，山节藻棁，都是俭德有亏的明证。

何谓器小，何谓量大？于此有一旁证说明之。《魏志·文帝纪》注："若贾谊之才敏，筹画国政，特贤臣之器，管晏之姿，岂若孝文大人之量哉？"孝文是否大人之量，姑不具论。我们要注意的是，行文之间"贤臣之器"与"大人之量"是对等的名词。贤臣之器，管晏之姿，是比较小的。贤臣而器小，即管晏之辈也。

管仲不是一个简单的人，虽然在私人品德方面不无出入，在事功方面却颇有可称者。《论语·宪问》："子曰：'桓公九合诸侯，不以兵车，管仲之力也。如其仁，如其仁！'"九合诸侯（纠合诸侯之谓），不用战争手段，谁能像他这样的仁！所谓仁，是指他之不用武力而能纠合诸侯这件事而言。孔子又说："管仲相桓公，霸诸侯，一匡天下，民到于今受其赐。微管仲，吾其披发左衽矣！"这是说管仲不比匹夫匹妇之短见，不肯自经于沟渎，留着自己的一条命为国家人民办大事，故不能说"管仲非仁者"。这也是就事论事，赞美管仲之事功而已，并不是泛论管仲之全部的人格，更没有说管仲是一个品学无亏的仁者。

太史公于《管晏列传》之篇末，另有一解，他说："管仲世所谓贤臣，然孔子小之。岂以为周道衰微，桓公既贤，而不勉之至王，乃称霸哉？"不辅弼桓公为帝为王，而乃以称霸为终极之目的，孔子之所以小管仲者盖在于此。这是司马迁的臆测，孔子未必有这种想法，看孔子对管仲的事功之极口称赞，便可知孔子必无是想。据《论语》所载，孔子小管仲，只是批评他的俭与礼方面的缺乏。司马光在《训俭示康》文中所涉及的管仲一事，显然与司马迁的解释毫不相干。孔子鄙薄管仲之为人，并不抹杀其事功，月旦人物不是正应如此吗？

《饮中八仙歌》

杜工部《饮中八仙歌》，章法错落有致。吴见思《杜诗论文》：“此诗一人一段，或短或长，似铭似赞，合之共为一篇，分之各成一章，诚创格也。”王嗣奭《杜臆》也有同样见解：“此系创格，前无所因，后人不能学。描写八公，各极生平醉趣，而都带仙气，或两句，或三句四句，如云在晴空，卷舒自如，亦诗中之仙也。”前无所因，是真的；后人不能学，倒也未必。学尽管学，未必学得好耳。不过此诗也有几点问题在。

八仙是四明狂客贺知章，汝阳王琎，左丞相李适之，侍御史崔宗之，中书舍人苏晋，诗仙李白，草圣张旭，布衣焦遂。杜工部自己不与焉。《新唐书》说李白“与贺知章、汝阳王琎、李适之、崔宗之、苏晋、张旭、焦遂，为酒中八仙人”，是又一说。杜工部虽然也好饮酒，也被人泥饮过，并不以剧饮名，后来病起就索性停了酒杯。何况八个人和杜工部也并不全是属于同一辈分。此诗成于何年，固难确定，要之总是天宝之初。仇沧柱注：“按吏，汝阳王天宝九载已薨，贺知章天宝三载，李适之天宝五载，苏晋开元二十二年，并已殁。此诗当是天宝间追忆旧事而赋之，未详何年。”所论甚是。至于范传正“李白新墓碑”所谓“在长安时，时人以公及贺监、汝阳王、崔宗之、裴周南等八人为酒中八仙”，则又是一说，无可稽考。无论八仙是怎个计算法，不能把杜工部计算进去。

八仙之中每个人酒量如何，也是一个问题。清嘉同（嘉庆与同治的合称。——编者注）年间施鸿保著《读杜诗说》，他说：“今按此诗于汝阳则言三斗，于李白则言一斗，于焦遂则言五斗。即李适之言‘日费万钱’，据《老学庵笔记》等书，言唐时酒价每斗三百钱，故公有‘速来相就饮一斗，恰有三百青铜钱’之句。此云万钱，则日饮且三石余矣，虽不定是此数，然亦当以斗计也。独于张旭但言三杯，杯即有大小，要不可与斗较，岂旭好饮而量非大户耶？然与汝阳等并称饮仙，不应相悬若此，或杯字有误。”施鸿保所提问题不能说没有道理，唯于此我们应有数事注意。

首先，所谓饮仙乃是着眼于其醉趣。尤其是要看在他醉趣之中是否带有仙气，并非纯是计较其饮量之大小。能牛饮者未必能成仙，可能不免于伧父之讥。所谓仙气，我想大概就是借酒力之兴奋与麻醉的力量而触发灵感，然后无阻碍地发挥其天性与天才。称之为醉趣可，称之为天性与天才之表现亦可。这是我们平素不容易看到的奇迹，所以称之为仙。至若烂醉如泥，形如死猪，或使酒骂座，或呕吐狼藉，则都是酒后丑态，纵然原是海量，亦属无趣。所以饮中八仙，量不相同，正无足异。唯所谓“日费万钱”，则须知李适之是左丞相，焉能日饮三石？所谓“费”，是指用于饮酒之钱。故仇注引“黄布曰：‘日费万钱，饷客之用，皆出于此。’是也”。且人之酒量本有大小之不同，故酒曰“天禄”。我拍浮酒中者，也有五十余年，所遇善饮者无数，亲自所见最善饮者三五辈也不过黄酒三五斤耳(已醉之后狂饮，可能不止此数)。文人之笔下，好事者之传说，时常夸大其词，好像真有人能“长鲸吸百川”的样子。还有，酒与酒不同，要谈酒量必先确知其为何种之酒酿。如是醇醪，则不觉易醉，如是薄酒，多饮亦无妨。饮中八仙所饮何酒，我不确知。贺知章是会稽人，可能他所饮酒是秫制，秫即糯稻，可能即是今之黄酒。八仙虽根本未在一处饮宴，但诗中皆以斗为单位，这个斗字又是一个问题。斗若作为十升解，其容积为三百一十六立方寸，约合美国二点六四加仑，一斗酒是相当多，三斗五斗岂不更吓煞人？假如斗作为酒器解，虽然我们不知道这斗究有多么大，只知道其形如斗，好像这样解释就比较容易接受似的。《诗经·大雅·生民之什·行苇》：“曾孙维主，酒醴维醹，酌以大斗，以祈黄耇。”可见大斗即是大杯，用以敬老。大斗不会是十升为斗的斗，老年人不可能喝下那么多的味道浓醇的酒。施鸿保的疑虑可能是多余的吧？

万取千焉，千取百焉

读《孟子》，开卷第一节就有一句看不甚懂。

“上下交征利，而国危矣！万乘之国，弑其君者，必千乘之家；千乘之国，弑其君者，必百乘之家。万取千焉，千取百焉，不为不多矣。苟为后义而先利，不夺不餍。”大意当然很明白，是在言义利之辨，但是“万取千焉，千取百焉，不为不多矣”，这句话怎么讲？看了各家注释，还是不大懂。

《幼狮学志》第十三卷第一期有李辰冬先生一篇文章“怎样开辟国学研究的直接途径”，劝大家不要走权威领导的路，他的意思是不要盲目地信从权威，要有自己的真知灼见。假如权威人物的话是对的，我们当然要服从他的领导，但是权威不一定永远对。李先生举了几个例子，其中之一正是我憋在心里好久的孟子这一句话。依李先生的见解，“自从赵岐注错以后，两千年来更改不过来”，宋朝孙爽的疏，朱熹的集注，清朝焦循的正义，皆未得要领。李先生认为：“解决这个问题很容易，只要把孟子书中所用的‘取’字作一归纳，看看孟子是怎样在用‘取’字，这几句话马上就释然了。”于是李先生翻《孟子引得》，“知道‘取’有两种意思：一作‘得’讲，一作‘夺’讲”。“万取千焉……”里的“取”字是作“夺”解。其结论是“万乘之国夺千乘之家，千乘之国夺百乘之家，这是上征利；正对上句‘万乘之国，弑其君者，必千乘之家……’而言，这是下弑上。‘不为不多矣’是指春秋战国时混乱的情形”。

我想李先生的解释大概是对的，因为这样解释上下文意才可贯通。所谓交征利，包括下与上争和上与下争两件事。李先生充分利用《孟子引得》，决定“取”作“夺”解，其实“取”字本有此义。“取”字有好多意思，好多用法，在某处应做某种解释，就要靠读者细心体会，同时再参用李先生的统计法，就更容易有所领悟了。

但是我要指出另一点。孟子是有才气的人，程子说他“有些英气”，《孟子》七篇汪洋恣肆，锋利而雄浑，的确是好文章。不过并不是句句都斟酌至当无懈可击。像“万取千焉，千取百焉……”这一句就有毛病，至少是写得不够明白。李辰冬先生说：孟子原文“语义多么清楚”！这一点我不大同意。如果原文语义清楚，赵岐便不至于误解。即使赵岐误解，也早该有人指出，何至于“糊涂了两千年”？即使大家都迷信权威，到如今我们说明其真义也就罢了，又何必借重《引得》，排比资料，然后才能寻绎其意义？“万取千焉，千取百焉”这八个字确是含混，所以才使人糊涂了两千年。“不为不多矣”一句也不够清楚，到底是什么东西“不为不多”？是“万”不为不多，还是“千”不为不多，还是上征利的情形不为不多？原文没有交代清楚。

我们的古书常有因为文字过简而意义不清楚的地方，也有因为作者头脑有时未能尽合逻辑而意义含混的地方，我们不必为贤者讳。西人有句话，就是荷马也有打瞌睡的时候。（Even Homer Nods.）

生而曰讳

顾炎武《日知录》卷二十四："生曰名，死曰讳，今人多生而称人之名曰讳。《金石录》云，生而称讳，见于石刻者甚众，因引孝宣元康二年诏曰，其更讳询，以为西汉已如此。蜀志，刘豹等上言，圣讳豫睹，许靖等上言，名讳昭著。晋书，高頵言范伯孙恂，恂率道名讳，未尝经于官曹。束晳劝农赋，场功毕，租输至，录社长，召闾师，条牒所领，注列名讳。"又注："王褒《洞箫赋》，'幸得谥为洞箫兮。'李善注，'谥者号也。'号而曰谥，犹之名而曰讳者矣。"

按：生曰名，死曰讳，固为不易之论，但交接应对之际，自己称名则可，直呼对方之名则不可，言语中提及他人之时亦不宜简单地称名道姓，通常总要加上适当的尊称，这是一般人所公认的礼貌。临文之际，不说某人名某某，而曰某人讳某某，亦正是同样的表示敬意之一端。不必一定等到人死之后才用"讳"字。《日知录》所引的几个生而曰讳的例子是证明此种用法古已有之。

其实，生而曰讳不仅古已有之，近代作家沿用之者亦不乏其人。《水浒传》第二回史进问鲁提辖“高姓大名”，他回答说：“洒家是经略府提辖，姓鲁，讳个达字。”是则自己称自己的名也为讳了。这是否为当时的滥用此字之一例，则不得而知。总之这也是生而曰讳的一例。袁子才《小仓山房尺牍·与王顺哉世妹》：“寄上画扇一柄，湖楼即事诗，求世妹和之；转致令继母程夫人令妹讳妕者和之，即交碧梧世妹处寄来。”如不曰讳而曰名，岂不唐突？是生而曰讳，有时有此必要，虽与字之原义不合，无伤也。

若干年前我编一刊物，采一来稿，记当代某公逸事，第一句是“公讳某……”引起一些人的批评，以为生而曰讳，不但不通而且不敬。须知语言文字是活的，是随时有变化的，如果每个字都以使用原义为限，真不知我们的语文要贫乏到什么程度。在另一方面，用字以原义为限，恐怕有时又非大众所能了解。总之，语文之事应以约定俗成为准则，似不必泥于古。

复词偏义

胡云翼编注《宋词选》，有两处指出“复词偏义”的例子。一是辛弃疾《贺新郎》：“问渠侬，神州毕竟，几番离合！”注曰：“离合——复词偏义，指离，指中原土地被侵占。”一是黄机《霜天晓角》：“草草兴亡，休问功名，泪欲盈掬。”注曰：“兴亡，这里是复词偏义，指亡说。”所谓复词偏义，是一个修辞学的名词，意为两个意义相反的字连成一个词，而只用其中一个字的意义。离合，只是指离。兴亡，只是指亡。

这样的例子，唐诗里也有。施鸿保《读杜诗说》指出杜诗中三个例子。一是《送韦书记赴安西》云：“欲浮江海去。”注曰：“今按《日知录》言，古人诗文有一字相连并用者，此江海亦然，本但用《论语》乘桴浮海意，江则相连并用字也。”一是《收京》云：“克复诚如此，安危在数公。”注曰：“今按公诗，犹有‘安危大臣在’，‘安危须仗出群材’，皆是常语，犹得曰得失，是曰是非之类，《日知录》详之。”一是《诸将》云：“多少材官守泾渭。”注曰：“今按诗意是多。云多少者，犹安危是非之类，《日知录》所谓有连及也。”施氏特别标出顾炎武《日知录》所谓“词有连及”之义，亦所以表示已有人指陈在前，不欲掠美之意。

按《日知录》卷二十七通鉴注，原文是这样的：

> 虞翻作表示吕岱，为爱憎所白。注曰，谗佞之人有爱有憎而无公是非，故谓之爱憎。愚谓爱憎，憎也。言憎而并及爱。古人之辞宽缓不迫故也。又如得失，失也。《史记·刺客传》：“多人不能无生得失。”利害，害也。《史记·吴王濞传》：“擅兵而别多佗利害。”缓急，急也。《史记·仓公传》：“缓急无可使者。”《游侠传》：“缓急人之所时有也。”成败，败也。《后汉书·何进传》：“先帝尝与太后不快，几至成败。”同异，异也。《吴志·孙皓传》注：“荡异同如反掌。”《晋书·王彬传》：“江州当人强盛时能立同异。”赢缩，缩也。《吴志·诸葛恪传》：“一朝赢缩，人情万端。”祸福，祸也。晋欧阳建《临终诗》：“潜图密已构，成此祸福端。”皆此类。

事实上此种词语见之于古人诗文，我们的语言里也有类似的实例。《红楼梦》里有这样的句子：“不要落了人的褒贬。”按，褒是誉，贬是毁，春秋以一字为褒贬，两个字代表截然不同的意思，可是二字连用在我们日常用语里却是有贬无褒。落了褒贬就是受人责难之意。不但《红楼梦》有此用法，现行的国语仍有此一义，所以《国语辞典》也收有褒贬一语，释为贬抑之意。

常听人说："万一有个好歹，我可负不起责任。"此好歹一语当然是指歹，不是指好，意为不幸的事。"人有旦夕祸福"，指祸。我想类似的例子还多的是。

复词偏义实在是不合理，斥之为"不通"也未尝不可；不过语言文字的形成时常有不合逻辑的地方，约定俗成，大家都这样沿用，我们也只好承认其为一格。析理过细，反倒像是吹毛求疵。

海晏河清图

关于石涛有许多难解的谜。他的生卒年月就不易考订。有人说他生于崇祯三年，有人说是崇祯十三四年，更有人说是顺治十七年，相差有三十年之多。卒年亦无定论。总之他是明末清初之人。他是明朝靖江王的后代，他的父亲不肯依附唐王，卒至被杀。如果他是生于崇祯三年，崇祯殉社稷的时候他该是十五岁，家恨国仇，落魄王孙，万不得已，遁迹方外，曾有小诗一首：

诸方乞食苦瓜僧，戒行全无趋小乘。
五十孤行成独往，一身禅病冷如冰。

我们不能不同情他的身世。他的画超逸拔俗，和他的世外高人的身份也正相吻合。

但是相传在康熙南巡的时候他曾两度见驾，而且方睿颐《梦园书画录》还记载了他的一首诗：

无路从容夜出关，黎明努力上平山，
此去罕逢仁圣主，近前一步是天颜。
松风滴露马行疾，花气袭人鸟道攀，
两代蒙恩慈氏远，人间天上悉知还。
甲子长干新接驾，即令已巳路当先，
圣聪忽睹呼名字，草野重瞻万岁前。
自愧羚羊无挂角，那能音吼说真传，
神龙首尾光千焰，云拥祥云天际边。

方外高人似无山呼万岁的必要。诗亦俚俗，不似大家风范，故有人疑系捏造。画可以仿制，诗又何尝不可伪造?

近故宫博物院展出罗志希先生生前收藏书画，其中有石涛所绘《海晏河清图》一小幅，很有趣味。画幅很小，横约一尺，高六七寸。题识如下：

海晏河清

东巡万国动欢声，歌舞齐将玉辇迎。
方喜祥风高贷狱，即看佳气拥芜城。
尧仁总向衢歌见，禹会遥从玉帛呈。
一片萧韶真献瑞，凤台重见凤凰鸣。
五云江上起重重，千里风潮护六龙。

圣主巡方宽奏对，升平高宴喜雍容。

明良庆合时偏遇，补助欢腾泽自浓。

拜手万年齐献寿，铭功端合应登封。

海晏是海不扬波之意，河水千年一清，都是表示天降嘉应盛世升平，对帝王极尽奉承之词。看这一首诗，再看前述见驾诗，其口吻十分相似。无论见驾诗是否伪作，此诗大有可能是出于同一手笔。此画右下有“己巳”二字，见驾诗亦有“即今己巳路当先”之句，己巳是康熙三十八年（一六九九），是年帝南巡。画中己巳二字与题诗书法相同。如果见驾诗不是伪作，则此诗此画想亦非赝品。

现在不谈真伪，就画论画。海不扬波与黄河水清是两件事，画在一起颇为不易，祥风佳气更是难以表达于尺素之间。石涛上人执笔之前想必大费周章。画的近处是两个高岗，寒林点点，远处有船桅露现，再远处是茫茫的渚涯，可能是黄河入海处了。画中不但没有楼阁，没有人物，而且一片荒寒萧瑟之气，若不点明海晏河清，观者很难体会其善颂善祷之用意。我尝想，文人雅士在帝王淫威之下有时会实逼处此，不能免俗。石涛此作也许有他不得已的苦衷在。但是，我看了此画，很不舒服。

孝

元人郭居敬撰《二十四孝》以训童蒙，用意甚善，但由现代眼光来看内容颇多不妥。李长之先生曾作《和汉二十四孝图说》书评，刊于天津《益世报》我所主编的“星期小品”第二十四期（在民国二十四五年间），其中有这样的一段：

例如“王祥冰鱼”这件事吧，用人体去解冰，而得鱼。实在太残忍。如果像北方这样厚冰，可说绝非体温所能融化，如果冰不太厚，而体温可融，则体重恐怕又立刻成了问题，会沉下水中。这样的故事，可说完全出自一种虐待狂的想象。在一个健康的民族是不会产生的。我们幸而有原始的王祥故事在，那是见于孙盛著的《晋阳秋》：

后母数谮祥，屡以非理使祥，祥弟览辄与祥俱；又虐使祥妇，览妻亦趋而共之。母患方盛，寒冰冻，母欲生鱼。祥解衣，将剖冰求之。会有处，水小解，鱼出。

这就近情得多。王祥去求鱼，是想剖冰，那便只有用刀斧了，而不是用体温；他之解衣，也只是为了用力的方便，并非想要裸体；至于鱼之出来，乃是偶然，乃是有一块地方冻得不厚，逢巧融化而已。王祥的母亲是一个继母，委屈从命也就罢了，要说冒了性命，用体温去融冰得鱼，那太有些不可理解了。

我曾以台北坊间所印《二十四孝图说》为儿童讲解，讲到郭巨埋儿一段，我感觉很难讲下去，这个儿童天真地破口大骂郭巨“浑蛋！”我为之愕然。因思“孝”是一件最平凡而又最自然的伟大人性之表现，训童蒙应选近情近理之事迹，不宜采取奇特难遇之情况为例证。郭巨埋儿是很难得遇见的情况，埋不见得是孝，不埋亦不见得是不孝。《礼记》：“烹熟鲜香，尝而进之，非孝也，养也。”至于牺牲了自己的儿子来养亲，像这种孝法我们难得有实践躬行的机会。

孝父母与爱子女连续起来是一桩事，一是承上，一是启下。偏重承上，与偏重启下，均不得其正。

人在风木兴悲的时候才能完全懂得如何是孝。

清人陆以湉《冷庐杂识》录徐灵胎《洄溪道情·劝孝歌》，语虽俚而真挚动人，愿抄在这里：

五伦中，孝最先。

两个爹娘，又是残年。

便百顺千依，也容易周旋。

为甚不好好地随他愿？

譬如你诈人的财物，到来生也要做猪变犬。

你想身从何来，即使捐生报答，也只当欠债还钱。

哪里有动不动将他变面！

你道他做事糊涂，说话欹偏，

要晓得老年人的性情，倒像了个婴年，

定然是颠颠倒倒，倒倒颠颠。

想当初你也将哭作笑，将笑作哭，做爹娘的为甚不把你轻抛轻贱，也只为爱极生怜。

到如今换你个千埋百怨！

想到其间，便铁石肝肠，怕你不心回意转！

书评（七则）

一、读马译《世说新语》

一九四九年我来台湾，值英文《自由中国评论》月刊筹划出版，被邀参加其事，我避重就轻地担任撰拟补白文字。其实补白也不容易，寻求资料颇费周章，要短，要有趣。当时我就想到《世说新语》，“人伦之渊鉴”“言谈之林薮”，译成英文当是补白的上好材料。于是我就选译了二三十段，读者称善，偶尔还有报刊予以转载。但是我深感译事之不易，《世说新语》的写作在南朝文风炽烈之时，文笔非常优美，简练而隽永，涉及的事迹起于西汉止于东晋亘三百年左右，人物达六百余人，内容之丰富可想而知。其中浅显易晓者固然不少，但文字简奥处，牵涉史实典故处，便相当难懂。虽然刘孝标之注，世称详赡，实则仍嫌不足，其着重点在于旁征博引，贯联其他文献，并不全在于文字典实之解释。近人研究《世说新语》者颇不乏其人，多致力于版本异文之考核，而疏于文字方面的诠释。我个人才学谫陋，在《世说新语》中时常遇到文字的困难，似懂非懂，把握不住。其中人名异称，名与字犹可辨识，有些别号官衔则每滋混淆。谈玄论道之语固常不易解，文字游戏之作更难移译。我译了二三十段之后即知难而退，以为《世说新语》全部英译殆不可能。

客岁偶于《联合报》副刊中得悉美国有《世说新语》全部英译本问世，既未说明译者姓名，复未列出版处所，我对于所谓全译疑信参半。旅美友人陈之藩先生函告将来香港教学一年，询我有无图书要他顺便购买带来，当即以《世说新语》全部英译本相烦。之藩在哈佛合作社查访无着，后来他在香港中文大学图书馆看到此书，乃以其标题页影印见寄。我才知道《世说新语》全译，真有其事，据书的包皮纸上的记载，译者是 Richard B. Mather，美国明尼苏达大学东亚语文学系主任，生于中国河北保定，出版者即明尼苏达大学出版部，一九七六年印行。我获得了这个情报，飞函美国请我的女儿女婿代为购买，一九七八年十二月十九日以航邮寄来，作为他们送给我七十七岁生日的礼物，书价三十五元，邮费亦如之。我琐述获得此书之经过，以志访购新书之困难，以及我对《世说新语》一书之偏爱。一九七八年一月在《中国时报周刊》读到刘绍铭先生作《方寸已乱》一文，一部分是关于这本《世说新语》英译的，读后获益不浅。据刘先生告诉我们：

> Mather 中文名为马瑞志。据译者在引言说，翻译此书的工作，早在一九五七年开始，二十年有成，比起曹雪芹的十

年辛苦，尤有过之。加上马氏两度赴日休假，请益专家如吉川幸次郎；两度获取美国时下最令人眼红的奖金。凡此种种，都令人觉得二十年辛苦不寻常。

马氏所花的工作，今后厚惠中西士林当然没问题。观其注释，不烦求详可知。书末所附的参考资料，如“传略”与“释名”，长达一百八十页。所举书目，罗集周详，中英之外，还有日、法、德等语言。二十年心血，做这种绣花功夫，也是值得的。

问题出在翻译上。笔者与马瑞志先生有两面之缘，真忠厚长者也……

马先生误解的地方，老前辈陈荣捷先生已就其大者举了不少（见一九七七年五月七日的 The Asian Student）。陈先生未举出来的，笔者看到的，还有很多。但这里只选两个例子……

刘先生对于马氏之书做了简单的介绍。我真应该感谢他，若不是有此介绍，我还不知道马氏的中文名字。刘先生推崇这一部翻译，主要的是因为它代表了“二十年辛苦”。这本书初到我手时，沉甸甸的厚厚的一大本，七百二十六页密密麻麻的小字，确实为之心头一懔。二十年的工夫，当然其中一定会有一些空当，不过一件工作历时二十年终于完成，其专心致志锲而不舍的精神自是难能可贵。“二十年辛苦”“二十年心血”，究竟是译者个人的私事。“中西士林”所关心的是这部翻译作品的本身。翻译了《世说新语》的全部，固然是值得令人喝彩的盛事，翻译是否忠实，是否流利，是否传神，才是更应注意之事。刘先生说：“问题出在翻译上。”想来也是注意作品本身之意。马书是一本翻译，如果翻译上出了问题，那还了得？二十年辛苦岂不白费？陈荣捷先生所举的误解，我尚未拜读。我只看到刘先生所举的两个例子，一是关于“奇丑”，一是关于“病酒”的翻译。当然，这两处译文是有应加商榷之处。不过近五百页正文翻译之中，在字词上究有多少误解，凭一两个例子恐怕无法推论出来。一个烂苹果，不必等到整个苹果吃了下去才知道它是烂的，可是有时候瑕不掩瑜，瑜不掩瑕，似亦未可一概而论。把《世说新语》英译全部核校一遍，其事甚难，纵然学力可以胜任，也要三年两载才能蒇事。

翻译之事，有资格的人往往不肯做，资格差一些的人常常做不好。花二十年的工夫译一部书，一生能有几个二十年？翻译固不需要创作文学那样的灵感，但也不是振笔疾书计日课功那样的机械。翻译之书，有古有今，有难有易。遇到文字比较艰深的书，不要说翻译，看懂就很费事。译者不但要看懂文字，还要了然其所牵涉的背景，这就是小型的考证工作，常是超出了文学的范围，进入了历史、哲学等的领域。如果有前人做过的笺注考证可资依傍，当然最好，设若文献不足，或是说法抵触，少不得自己要做一些爬梳剖析的功夫。马先生的《世说新语》译本，除了在翻译方面煞费苦心，在研究方面亦甚有功力。卷末所附“传略”，胪列六百二十六个《世说新语》所提到的人名，各附简单传记，标明其别号以及小名，对于读者便利很多。杨勇先生的《世说新语校笺》卷末亦附有“常见人名异称简表”，仅包括出现两次以上者，共一百一十九人，虽附有官名便于辨识，究嫌过简。马氏之传略，固然较为完整，而略去官名及尊称，似是失策。传略之外尚有词汇，占五十一页，包括字、词、官名以及若干与佛有关之梵文名词，对于读者都很有用。这些附录，实是译者二十年工夫之明显的佐证，吾人应表甚大之敬意。

常听人说，最好的翻译是读起来不像是翻译。话是不错，不过批评翻译之优劣必须要核对原文。与原文不相刺谬而又文笔流畅，读来不像翻译，这自然是翻译的上品。若只是粗解原文大意，融会贯通一番，然后用流利的本国语言译了出来，这只能算是意译，以之译一般普通文章未尝不可，用在文艺作品的翻译上则有问题。文艺作品的价值有很大一部分在其文字运用之妙。所以译者也要字斟句酌，务求其铢两悉称，所以译者经常不免于“搔首踟蹰”。若干年前，笔者曾受委托校阅某先生译的吉本《罗马帝国衰亡史》。书是第一等好书，不但是历史名著，也是文学名著，其散文风格之美，实在是很少见的。译者也是有名于时的大家。全书卷帙浩繁，我细心校阅了前几章，实在无法再继续看下去。译文流畅，无懈可击，读起来确乎不像是翻译，可是与原文核对之下，大段大段的优美的原文都被省略了。优美的原文即是最难翻译的所在。如此避重就轻地翻译，虽然读起来不像是翻译，能说是最好的翻译吗？

《世说新语》不是容易译的书，都三卷三十六篇，一千二百三十四条，短者八九字，长者二百字左右。马译全文照译，绝无脱漏，是最值得钦佩处。不仅特译了正文，兼及刘孝标注，有时也添加若干自己的注解。看样子参考杨勇的《世说新语校笺》之处也不算少。马氏的译文是流畅的现代英文，以视《世说新语》原文之时而简洁冷隽，时而不避俚俗，其风味当然似尚有间。一切文学作品之翻译，能做到相当忠实，相当可读，即甚不易。偶有神来之笔，达出会心之处，则尤难能可贵，可遇而不可强求。我以为马氏之译，虽偶有小疵，大体无讹。翻译如含饭哺人，岂止是含饭，简直是咀嚼之后再哺人。所以我们读一些典籍有时如嚼坚果，难以下咽，但读译本反觉容易吸收。翻译多少有些冲淡作用。我个人对于《世说新语》颇有若干条感到费解，读了译文之后再读原文，好像是明白了许多。有些条不难理解，难于移译。例如，《捷悟》第三条曹娥碑绝妙好词，我就感到非常棘手，中文的字谜游戏，用英文如何表达？不识中国字的人，纵有再好的翻译，也无法彻底了解这一条的意义。但是马译相当好，应该为他喝彩，虽然里面也有一点可怀疑的地方。原文“齑臼，受辛也，于字为‘辞’”马译“受辛”为 to suffer hardship，似有误。所谓辛，不是辛苦之辛，应是指辛辣之物如椒姜之类。因为臼乃是捣姜蒜辛物之类的器皿，而酢菜之细切者曰齑。故受辛如解作承受辛物，似较妥切。马氏在注二提出“辞”有辞谢之一义，转觉多事。言语篇二十六：“千里莼羹，未下盐豉”一语使我困扰了很久。宋本“未下”为“末下”之误，已成定论。唐·赵璘《因话录》早就说过：“千里莼羹……未用盐与豉相调和，非也。盖末字误书为未。末下乃地名，千里亦地名。此二处产此物耳。其地今属江干。”但是后人偏偏不肯改正这一项错误。宋人黄彻《巩溪诗话》

卷九："千里莼羹未下盐豉，盖言未受和耳。子美'豉化莼丝紫'，又'豉添莼菜紫'。圣俞送人秀州云'剩持盐豉煮紫莼'。鲁直'盐豉欲催莼菜熟'。"然则，前贤如杜子美梅圣俞黄鲁直辈均是以耳代目以讹传讹耶？这真是令人难以索解的事，以我个人经验，莼羹鲜美，盖以其有一股清新之气，亦不需十分煮熟，若投以豉盐则混浊不可以想象。马译并无差误，唯未有片言解释，不无遗憾。再者，莼之学名为brasenia purpurea，平常称之为water shield，以其生于水中而叶形似盾也，马译为waterlily，似嫌笼统。

《任诞》篇第一条竹林七贤，《杨勇笺注》引一九四九年八月十六日新加坡文史副刊陈寅恪的话："所谓'竹林'，盖取义于内典（Lenuvena），非其地真有此竹林，而七贤游其下也。《水经注》引竹林古迹，乃后人附会之说，不足信。"杨勇先生说："陈说有见。"吾意亦云然。Lenuvena一字，系误植，应作Venuvana，梵文竹林之意，即竹林精舍，或竹林寺。按七贤年龄相差很多，山涛与王戎、阮咸相差几乎三十岁，阮籍与王戎、阮咸亦相差二十多岁。七人常集于竹林之下肆意酣畅，其事可疑。马译之脚注亦论及此事之是否信实，唯未提起陈寅恪之见解，不知何故。

《假谲》篇第三条刘注："操题其主者，背以徇曰：'行小斛，盗军谷'遂斩之。"标点系据杨勇先生校笺。马译为：So Tsao pointed out his mess officer，and behind his back circulated the rumor："Using a small hu-measure，he robbed the army's treasure,"whereupon he had him decapitated.按原文标点疑有误。"题

其主者，背以徇曰：行小斛，盗军谷”，疑“主者”下不宜有逗点。原文之意似是曹操在主其事者的背上标写了六个字“行小斛，盗军谷”，徇是巡行宣告，亦即是于游行示众之后斩之。这样解释不知是否。马译根据校笺的标点，似牵强。

《任诞》篇第十五条，注引竹林七贤论曰：“咸既追婢，于是世议纷然：自魏末沉沦闾巷，逮晋咸宁中始登王途。”文字很明显，是说阮咸穿着孝服骑驴追婢，并载而还，大悖礼法，于是大家纷纷议论，加以指斥，因此阮咸在魏末只能混迹于市井，到了晋咸宁中才得做官。马译似是会错了意，把“世议”当作了句主，说：contemporary discussions...were hushed up and relegated to back alleys. By the middle of Hsie ning...they began again to mount the king’s highways. 这显然是马先生一时大意了。

《栖逸》篇第七条：“孔车骑少有嘉遁意，年四十余，始应安东命。”

马译“始应安东命”为 answered the summons of the General pacifying the East，Ss U-ma jui（later Emperor of yuan）。按司马睿乃琅琊王，后为元帝，不闻其曾为安东大将军。附录司马睿条（页五六七）谓东安王司马繇乃其叔。东安是否为安东之误？八王之乱的时代，人物众多，头绪纷繁，令人如坠云里雾中，此其一例也。

《言语》篇第五十九条：“初，荧惑入太微……”何谓荧惑，何谓太微，刘注杨笺均未加解释。马译交代得十分清楚。荧惑是火星，太微是帝座，当时火星入帝座是在三七一年十一月二十四日至十二月二十二日之间。在脚注中说明火星入帝座为凶兆，复引证若干作者的研究资料。对天文星相一窍不通的人，读之当如开茅塞。译者嘉惠学人，类此者不胜枚举。

关于固有名词如人名地方，自然以国语发音为准是比较妥当的事。马瑞志先生生于保定，于国语发音应无问题。唯亦有若干偏差，例如第五页“河津”译为 Hoching，津清不分，第二百九十三页上虞之上字译为 Shan，善上不分，像是江南人的口音。诸如此类之处甚多。

本文之作不在寻疵指瑕，无非是要赞扬此书之成就。翻阅所及，偶摅鄙见，以为商榷。全书是用打字机打的，虽然也有一些疏误之处，但是打得那么整齐匀净，实在可佩之至。

二、《西方的典籍》

赫琴斯（Robert M. Hutchins，1899—1977）是美国学术界的一位奇才，三十岁的时候就任芝加哥大学校长，名震一时。他不满意于当时教育界之过度偏重专门知识，而疏忽了对于传统文化之一般的了解，所以他大力提倡“自由教育”。实际上他是继承英国十九世纪后半之人文主义的正统思想，不过他具有更开明更实际的眼光。他在一九五一年编竣了一部大书，《西方的典籍》（*Great Books of the Western World*），翌年由大英百科全书出版公司出版。这一部书是他实现他的“自由教育”的工具。在他以前，《哈佛的古典丛书》（*Harvard Classics*），即俗称《五英尺书架》，也是出自同样的用意。后来居上，这一部《西方的典籍》似乎是更有实用价值。

书凡五十四卷，第一卷是导言，述编纂大意，第二、三卷是索引性质。从第四卷起是典籍本身，包括七十四个作家，完整的作品四百四十三种（节录的作品不计）。各卷的封面装订颜色不同，黄色的是文学类，蓝色的是历史、政治、经济、法律类，绿色的是天文、物理、化学、生物、心理类，红色的是哲学、宗教类。这只是大概的分类，其中很多作品是不专属于某一类的。这一套大书包括了西方两千五百年来的文化思想的精华。编者的意思不是要复古，不是要人钻故纸堆，是要人认识传统，是要人了解过去文化思想之来龙去脉，是要人借以培养其运用思维的方法，从而建立其自己独立的思考能力。文化思想乃由于不断地累积而成，欲面对现实则必须了解过去。读古书，读典籍，是认识传统之最好的方法。这部书的范围是到一九〇〇年为止。不是说二十世纪没有伟大的著作，是我们在自己这个时代中尚难取得历史的透视作取舍衡量的标准。科学作品在这套书中占相当重的分量，可能其中资料由现代眼光看来已非新奇，但在科学思想发展过程中仍有其不可磨灭的价值。

这样大的一部书读起来如何下手？编者的计划是期望读者花十年的工夫把它读完。他所想象中的读者是大学程度的人。很可能就是大学程度的人也很少能充分读懂这些书。不过编者说，年轻人越是早接触这些典籍越好，以后他会渐渐领悟，受用无穷。五十一部典籍，如果按着次序一本一本读下去，当然很好，但是很少人有这样长久的毅力，所以编者为了便利读者，提出了一个阅读计划，特编了十本阅读指导书，每年一本，内容是若干种典籍的选录，作为十五课，注明原书的卷页起讫。以第一册为例，可以看出编者费了多少苦心在编纂上：

第一课：柏拉图的《自白》及《克利图》。

第二课：柏拉图的《共和国》卷一、卷二。

第三课：索福克勒斯的《俄狄浦斯王》及《安提戈涅》。

第四课：亚里士多德的《伦理学》卷一。

第五课：亚里士多德的《政治学》卷一。

第六课：普鲁塔克的《希腊罗马名人传》四篇。

第七课：《圣经·旧约》的《约伯记》。

第八课：圣·奥古斯丁的《忏悔录》卷一至卷八。

第九课：蒙田的《论文集》六篇。

第十课：莎士比亚的《哈姆雷特》。

第十一课：洛克的《政府论》之第二篇论文。

第十二课：斯威夫特的《格列佛游记》。

第十三课：吉本的《罗马帝国衰亡史》第十五章、第十六章。

第十四课：美国《独立宣言》《美国宪法》及《联邦论集》。

第十五课：马克思、恩格斯的《共产党宣言》。

这十本阅读指导是一九五九年出版的，原书说明是每年读十八篇，大概是几年之后改变了主意，每年改为十五课了。阅读指导写得非常精彩，特别是指出了古代名著与现代思想的关系，启发读者的兴趣，读了指导之后不能不进一步地去读原著。本来我们应该获取第一手的资料，直接去读原书。每一课的作品，预计两个星期可以读完，一年读十五课很从容地可以竣事，十年过后大功告成。原书每一作者均附有传记一篇，但是没有编者所撰的引论，编者绝不表示他的批评的意见，他要读者自己和作者去直接接触。十册阅读指导也是只有启发，而无教训。编者最反对的就是宣传，宣传使人盲目服从。自由教育的目的乃是教人睁开眼睛，不让别人牵着鼻子走。

从上面引述的第一册阅读指导的目录，可以看出教材分布的大概。事实上每一册都是以柏拉图开始，因为那些苏格拉底的对话集是西方文化思想最重要的开端，几乎所有的后世思想家多多少少地是为柏拉图作注脚。第一册以马克思、恩格斯《共产党宣言》殿后，也是很有意义的安排。从第一课到第十五课，每一册均是如此，把两千五百年来的文化思想的结晶有选择地陈列在我们眼前。

如果我们不能按照阅读指导的安排去读这部大书，第二卷、第三卷两卷，实际是一部索引，西方文化的基本思想分列为一百零二项，其下又胪列为两千九百八十七个题目。读者想知道西方典籍对于某一个题目有何主张，根据索引可以手到擒来。如果编者没有把全部典籍咀嚼一遍，这两卷索引是编不出来的。

西洋名著浩如烟海，要想从中选出几十位名家，可能各有所好，未必尽能一致。这一部《西方的典籍》在选择上也不一定是绝对正确的。也许有遗漏，也许有偏差。不过大致而论，十之八九都是不会令人有异议的。与其读所谓的“畅销书”，不如读这一部典籍。

这一部是美国人为了美国人而编的，不过对于我们中国人之关心西方文化的，也有极大的帮助。我不知道我们的读者们有多少人曾经涉猎过其中多少部书。我知道，若不曾读过其中相当大部分的书，便无法深入了解西方文化。若不曾对西方文化有相当深入的认识，如何能高谈中西文化之比较?

编者指出，东方人有东方的典籍，如果也参照他的计划编出一部“东方的典籍”，则对于东西文化之交流将大有贡献。中国的典籍需要我们中国人编，认真负责地编，由专家学者分担合作，有中文版有英文版，那就更好了。

三、《青衣·花脸·小丑》

一个人嗜好一种事物，一往情深地寝馈其中。到了入迷的地步，我就觉得他痴得可爱。例如，棋迷。其艺未必高，但是他打棋谱，覆棋局，搜求棋话，打听棋讯，看人对弈，偶然也摆上一盘，枰上岁月乐此不疲。再则就是戏迷。尤其是生长在北平的人，清末民初之际，名伶辈出，耳濡目染，几乎人人都能欣赏戏，于听戏捧场之外还要评剧说剧，久而久之遂成戏迷。

燕京散人丁秉鐩先生就是标准的戏迷之一。其近作《青衣·花脸·小丑》真是内容丰富，如数家珍，他懂得那样多的事情，记得那样多的东西，实在难能可贵。

余生也晚，没有赶上谭鑫培的时代。可是有些名角演唱，我还是听过不少。有一次义务戏，我听到老乡亲孙菊仙唱《三娘教子》，出台亮相由人搀扶，唱到某一段落他扯下髯口向台下做了简短演说，倚老卖老，大家亦不以为忤。他的唱腔，如洪钟大吕，拐弯抹角的腔调一律免除，腔短而声宏，独成一派，听来尤为过瘾。俞振庭的《金钱豹》，九阵风的《泗州城》，龚云甫的《钓金龟》，余叔岩的《打棍出箱》，刘鸿声的《斩黄袍》，德珺如的《辕门射戟》，张黑的《连环套》，王瑶卿的《悦来店》，杨小楼的《安天会》，郝寿臣的《黄一刀》等，给我深刻印象，历久不忘。听过一回好戏，便是一桩永久的喜悦。戏剧的灵魂在演员，好演员难得，三年出一个状元，三十年未必能出一个好演员。好演员的拿手戏，你听过之后，心中有了至善至美的感受，以后便觉得曾经沧海难为水了。演员的艺术难以保存遗留于后世，唱片影片亦终觉有隔，这是无可奈何的事。丁秉鐩先生和我年相若，他听过的名角演过的戏，我也大部分听过，只是我了解的程度远不如他，如今读他的大作，温故知新，获益不少。

去年我在美国，辗转获得周肇良女士翻印其先君的《几礼居戏目笺》一份，是纪念杨小楼的十张戏报子。八张是第一舞台的，两张是吉祥的。十出戏是：《水帘洞》《宏碧缘》《霸王别姬》《挂印封金》《灞桥挑袍》《山神庙》《湘江会》《铁笼山》《连环套》《长坂坡》《蟠桃会》。几礼居是周志辅先生的斋名。这位周先生是杨小楼迷。我有一位朋友邓以蛰（叔存）先生也是杨小楼迷，凡有杨戏必定去看，他有一次对我说：“你看杨小楼跟着锣鼓点儿在台上拿着姿势站定，比希腊雕刻的艺术还要动人！”把戏剧与雕刻相比，我还是第一次听到。丁秉鐩先生知道杨小楼的事必多，真想听他谈谈。如今看不到杨小楼的戏，听人谈谈也是好的。

戏剧演员之能享大名，第一由于苦练，第二才是天分。从前私塾读书，讲究“念、背、打”缺一不可，学戏坐科也是离不了打的。戏是打出来的。有一回我问过周正荣先生在上海戏剧学校挨过打没有，他说没有一天不挨打。最近我又问过小陆光的刘陆娴小姐挨过打没有，她说不打怎么行啊？看样子，体罚是不可避免的了。凡是艺术都有其一套规矩，通了规矩之后才可以发挥个人的长处。固不仅戏剧一道为然。凡是成功的演员都是守规矩的，好的听众也是懂规矩的，所以名伶登场，观众兴奋，一张口，一投足，满堂叫好，台上台下浑然一片满足享受之感。丁秉鐩先生这本书描写了这种情况的地方很多，我读过之后恍如再度置身于五六十年前的第一舞台、吉祥、三庆。

四、读《烹调原理》

从前文人雅士喜作食谱，述说其饮食方面的心得，例如，袁子才的《随园食单》、李渔的《闲情偶寄·饮馔部》便是。其文字雅洁生动，令人读之不仅馋涎欲滴，而且逸兴遄飞。饮食一端，是生活艺术中重要的项目，未可以小道视之。唯食谱之作，每着重于情趣，随缘触机，点到为止。近张起钧先生著《烹调原理》（新天地书局印行），则已突破传统食谱的作风，对烹饪一道做全盘的了解，条分缕析地做理论的说明，真所谓庖丁解牛，近于道矣！掩卷之后，联想泉涌，兹略述一二就教于方家。

着手烹饪，第一件事是“调货”，即张先生所谓“选材”。北方馆子购买材料，谓之“上调货”，调货即是材料。上调货的责任在柜上，不在灶上。灶上可以提供意见，但是主事则在柜上。如何选购，如何储存，其间很有斟酌。试举一例：螃蟹。在北平，秋高气爽，七尖八团，满街上都有吆喝卖螃蟹的声音。真正讲究吃的就要到前门外肉市正阳楼去，别看那又窄又脏的街道，这正阳楼有其独到之处。路东是雅座，账房门口有两只大缸，打开盖一看，哇，满缸的螃蟹在吐沫冒泡，只只都称得上广东话所谓“生猛”。北平不产螃蟹，这螃蟹是柜上一清早派人到东火车站，等大篓螃蟹从货车上运下来，一开篓就优先选取其中之硕大健壮的货色。螃蟹是从天津方面运来，所谓胜芳螃蟹。正阳楼何以能拔头筹，其间当然要打通关节。正阳楼不惜工本，所以有最好的调货。一九一二年的时候要卖两角以至四角一只。货运到柜上还不能立即发售，要放在缸里养上几天，不时地泼浇蛋白上去，然后才能长得肥胖结实。一个人到正阳楼，要一尖一团，持螯把酒，烤一碟羊肉，配以特制的两层薄皮的烧饼，然后叫一碗氽大甲，简直是一篇起承转合首尾照应的好文章！

第二件是刀口，一点也不错，一般家庭讲究刀法的不多，尤其是一些女佣来自乡间，经常喂猪，青菜要切得碎碎细细，要煮得稀巴烂，如今给人做饭也依样葫芦。很少人家能拿出一盘炒青菜而刀法适当的。炒芥蓝菜加蚝油，是广东馆子的拿手，但是那四五英寸长的芥蓝，无论多么嫩多么脆，一端下了咽，一端还在嘴里嚼，那滋味真不好受。切肉，更不必说，需要更大的技巧。以狮子头为例，谁没吃过狮子头？真正做好却不容易。我的同学驻葡萄牙公使王化成先生是扬州人，从他姑妈那儿学得了狮子头做法，我曾叨扰过他的杰作。其秘诀是：七分瘦三分肥，多切少斩，芡粉抹在手掌上，搓肉成团，过油以皮硬为度，碗底垫菜，上笼猛蒸。上桌时要撇去浮油。然后以匙取食，鲜美无比。再如烤涮羊肉切片，那是真功夫。大块的精肉，蒙上一块布，左手按着，右手操刀。要看看肉的纹路，不能顺丝切，然后一刀挨着一刀地往下切，缓急强弱之间随时有个分寸。现下所谓“蒙古烤肉”，肉是碎肉，在冰柜里结成一团，切起来不费事，摆在盘里很像个样子，可是一见热就纷纷解体成为一缕缕的肉条子，谈什么刀法？我们普通吃饺子之类，那肉馅也不简单。要剁碎，可是不能剁成泥。我看见有些厨师，挥起两把菜刀猛剁，把肥肉瘦肉以及肉皮剁成了稠稠的糨糊似的。这种馅子弄熟了之后可以有汁水，但是没有味道。讲究吃馅子的人，也是赞成多切少斩，很少人肯使用碾肉机。肉里面若是有筋头巴脑，最煞风景，吃起来要吐核儿。

讲到煎炒烹炸，那就是烹饪的主体了。张先生则细分为二十五项，洋洋大观。记得齐如山先生说过我们中国最特殊的烹饪法是“炒”，西方最妙的是“烤”。确乎如此。炒字没有适当的英译，有人译为 scramble-fry，那意思是连搅带炸，总算是很费一番苦心了。其实我们所谓炒，必须使用尖底锅，英译为 wok，大概是广东音译，没有尖底锅便无法炒，因为少许的油无法聚在一起，而且一翻搅则菜就落在外面去了。烤则有赖于烤箱，可以烤出很多东西，如烤鸭、烤鱼、烤通心粉、烤各种点心，以至于烤马铃薯、烤菜花。炒菜，要注意火候，在菜未下锅之前也要注意油的温度。许多菜需要旺火旺油，北平有句俗话“毛厨子怕旺火”，能使旺油才算手艺。我在此顺便提一提所谓“爆肚”。北平摊子上的爆肚，实际上是汆。馆子里的爆肚则有三种做法：油爆、盐爆、汤爆。油爆是加芡粉、葱、蒜、香菜梗。盐爆是不加芡粉。汤爆是水汆，外带一小碗卤虾油。所谓肚，是羊肚，不是猪肚，而且要剥掉草芽子，只用那最肥最厚的白肉，名之为肚仁。北平凡是山东馆子都会做，以东兴楼、致美斋等为最擅长。有一回我离开北平好几年，真想吃爆肚，后来回去一下火车便直奔煤市街，在致美斋一口气点了油爆肚、盐爆肚、汤爆肚各一，嚼得我牙都酸了。此地所谓爆双脆，很少馆子敢做，而且用猪肚也不对劲，根本不脆。再提另一味菜，炒辣子鸡。是最普通的一道菜，但也是最考验手艺的一道菜，所谓内行菜。“子鸡”是小嫩鸡，最大像鸽子那样大，先要把骨头剔得干干净净，所谓“去骨”，然后油锅里爆炒，这时候要眼明手快，有时候用手翻搅都来不及，只能掂起“把儿勺”，把锅里的东西连鸡汁飞抛起来，这样才能得到最佳效果，真是神乎其技。这就叫作掌勺。在饭馆里学徒，从剥葱剥蒜起，在厨房打下手，耳濡目染，要熬个好多年才能掌勺爆肚仁、炒辣子鸡。

张先生论素菜，甚获我心。既云素菜，就不该模拟荤菜取荤菜名。有些素菜馆，门口立着观音像，香烟缭绕，还真有食客在那里膜拜，而端上菜来居然是几可乱真的炒鳝糊、松鼠鱼、红烧鱼翅。座上客包括高僧大德在内。这是何等的讽刺？我永不能忘的是大陆和台湾的几个禅寺所开出的清斋，真是果窳素食，本味本色。烧冬菇就是烧冬菇，焖笋就是焖笋。在这里附带提出一个问题：味精。这东西是谁发明的我不知道，最初是由日本输入，名味之素，现在大规模自制，能“清水变鸡汤”，风行全国。台湾大小餐馆几无不大量使用。做汤做菜使用它，烙饼也加味精，实在骇人听闻。美国闹过一阵子“中国餐馆并发症状”，以为这种 sodium salt 足以令人头昏肚胀，几乎要抵制中国菜。平心而论，为求方便，汤里素菜里加一点味精是可以的，唯不可滥用不可多用。我们中国馆子灶上经常备有“高汤”，就是为提味用的。高汤的制作法是用鸡肉之类切碎微火慢煮而成，不可沸滚，沸滚则汤混浊。馆子里外敬一碗高汤，应该不是味精冲的，应该是舀一勺高汤稍加稀释而成。我到熟识的馆子里去，他们时常给我一小饭碗高汤，醇厚之至，绝非味精汤所能比拟。说起汤，想起从前开封洛阳的馆子，未上菜先外敬一大碗“开口汤”，确是高汤。谁说只有西餐才是先喝汤后吃菜？我们也有开口汤之说，也是先喝汤。

我又联想到西餐里的生菜，张先生书里也提到它。他说他“第一次在一位英国人家吃地道的西餐，看见端上一碗生菜，竟是一片片不折不扣洗干净了的生的菜叶子，我心里顿然一凉，暗道：“这不是喂兔子的吗？”在国内也有不少人忌生冷，吃西餐看见一小盆拌生菜（tossed salad），莴苣菜拌番茄、洋葱、胡萝卜、小红萝卜，浇上一勺调味汁，从冰箱里拿出来冰冷冰冷的，便不由得倒抽一口凉气，把它推在一旁。其实这是习惯问题，生菜生吃也不错。吃炸酱面时，面码儿不也是生拌进去一些黄瓜丝、萝卜缨吗？我又想起“菜包”，张先生书里也提到，他说：“菜包乃清朝王室每年初冬纪念他们祖先作战绝粮吃树叶的一种吃法。其法是用嫩的生白菜叶，用手托着包拢各种菜成一球状咬着吃，所以叫菜包。”我要稍作补充。白菜叶子要不大不小，取多半碗热饭拌以刚炒好的麻豆腐，麻豆腐是发酵过的绿豆渣，有点酸。然后再和以小肚丁，小肚是膀胱灌粉及肉末所制成，其中加松子，味很特别，酱肘子铺有得卖。再加摊鸡蛋也切成丁。这是标准的材料，不能改变。菜叶子上面还别忘了抹上蒜泥酱。把饭菜酌量倒在菜叶子上，双手捧起，缩颈而食之，吃得一嘴一脸两手都是饭粒菜屑。在台湾哪里找麻豆腐？炒豆腐松或是鸡刨豆腐也将就了。小肚不是容易买到的，用炒肉末算了。我曾以此飨客，几乎没有人不欣赏。这不是大吃生菜吗？广东馆子的炒鸽松用莴苣叶包着吃，也是具体而微地吃生菜了。

看张先生的书，令人生出联想太多了，一时也说不完。对于吃东西不感兴趣的人，趁早儿别看这本书！

五、读《文明的跃升》

畅销书不一定长久畅销，更不见得一定有多少价值。所以畅销书一语只能算是广告术语，要看过书的内容才能算数。

汉宝德译布罗诺斯基著《文明的跃升》（*Bronowsky：The Ascent of Man*），景象出版社出版，不仅是一部畅销书，而且是值得关心人类文明的人一读的好书。译者在序里特别希望“我国在文艺界的朋友也能抽暇读读这本书”。岂止文艺界的朋友应该读读这本书，别的什么界的朋友也应该人手一本。以我个人来说，我对人类文明的发展史所知至为有限，而且东鳞西爪也不能贯穿起来，今读此书确是获益不少。

这本书本来是英国广播公司邀请作者所做的一个电视节目，其目的是向观众报道科学的发展史。事实上所报道的不仅是科学，举凡文学哲学之重要的进展也包括了进去，而且和科学进展的情形配合起来，融为一体。所以这本书的中文译名称作“文明的跃升”，实在是整个人类文明的发展史。这本书所要说明的是“人”。我想起英国十八世纪诗人蒲伯（Pope）有一句有名的诗：

人类最宜研究的是“人”。

The proper study of man is Man.

自然界是外物，我们研究自然现象是必要的，但是人不可以为物役，一切研究皆应以人为指归。这便是所谓人文主义的思想。英国十九世纪后半阿诺德与赫胥黎的论辩，虽已成明日黄花，其意义仍然存在，如今我们读到《文明的跃升》这样的一本书，好像是得到了一个综合的结论似的。

前些时克拉克爵士（Clark）在电视讲《文明史》，侧重艺术的成就，我正好在国外旅居，有机会看到这杰出的电视节目的一部分。记得是一星期播讲一次，历时一小时余，其间没有惹人厌恶的广告穿插，观众可以一口气欣赏到底。图片当然是非常丰富，讲释当然是深入浅出，雅俗共赏。我很佩服英美国家肯播出这样有价值的节目，我也很艳羡他们有这样学问渊博而又组织力强的人才来制作主持这样的节目。《文明的跃升》电视节目，我没有赶上看，最近才看到这本书的纸面本，封面上说：拥有五百万观众。电视观众达五百万，在美国这数目不算大，可是像这样高级教育性质的节目有五百万人收视，却算是很难得了。

我特别感兴趣的是书中讲到中国的地方也不少。人类文明的历史如何能没有中国？“二百万年前我们还不是人，一百万年前我们是人，因为约一百万年前有一种称之猿人或直立人的生物，散布在非洲之外，最有名的例子是在中国发现的猿人，即北京人，约四十万年前，他是最早确定使用火的生物。”在人类文明历史中，我们中国很早地就有光荣的位置。

从游牧生活改变为村居农业，是人类成长中很大的一步。游牧民族是好战的，他们常发动有组织的军事行动掠劫富裕的农村。

作者举出成吉思汗，他自己不事生产，以掠夺为业，拓成横亘欧亚的一个王朝，但是他们征服一个地方之后，终于又让那被征服的生活方式所征服，成吉思汗的孙子忽必烈在中国做了皇帝，他要做的事是在上都盖宫殿定居下来——

> 忽必烈汗下令
> 在上都兴建华丽的夏宫。
> In Xanadu did Kubla Khan
> A stately pleasure dome decree.

柯勒律治的这两行诗的背景做如此的解释，真是新鲜极了。

铜里加锡，其合金便是青铜，又坚硬又耐久，这又是文明一大进步。这种铸冶青铜之术虽不是中国人的最早发明，但是青铜制作在中国达到最佳的效果。这就是公元前一千五百年之前的商朝文化最灿烂的一面。商代青铜器包含百分之十五的锡，这是最精确的比例，其硬度约三倍于铜。青铜器之留于今日者，其技巧之高明，与其艺术之美妙，皆令人叹为观止。除了青铜之外，炼金术也是来自中国，大约在两千年前就有炼金术的记录。本书作者还引用了一句中国的俗话“真金不怕火炼”来说明中国人对于黄金的抵抗侵蚀的能力之认识。

中古以后中国的文明可得而言者尚多，例如医药以及建筑等，可惜均未加以采用。最大的缺失是在人类社会组织方面孔子的伦理思想应该是重大的一项，而竟未提及。在本书的末章，作者对于“西方文明”表示悲观，他说：“举目四顾，我无尽悲哀地突然发现，西方人竟已闻知识而丧胆，自知识退到——退到哪里？禅宗佛教……”又说：“西方文明此时正受到考验。如果西方要放弃，则下一步仍有进展却不是西方的贡献了。”作者是站在西方人的立场说话。其实文明并无国界，凡是真理必然会流传到全世界，人的知识即是真理的认识，原无东方西方畛域之可言。据我看，西方文明没有没落，也不会倒退，不过所谓物质文明发展到一个阶段可能产生许多弊端，这时候需要考虑到价值观念，需要节制，东方的伦理哲学思想以及西方的历史悠久的人本主义都是匡济的妙方。在整个人类文明发展史中，我们中国已贡献了些什么，以后能贡献些什么，这是值得我们深虑长思的问题。

这本书虽然是通俗的性质，而其内容牵涉的学问很广，作者从一九六九年七月写成大纲，最后到一九七二年十二月才完成，经过了三年多的努力，其内容之丰富可知。译成中文当然也是甚为困难之事。对自然科学与人文科学都能大体认识的通才是极难得的。汉宝德先生的翻译，虽然无英文原书在手边供我对看，我相信是能“传达原意”的。书中引用诗人的若干诗句，都很有趣味，如译文字句再加推敲，或附加注释，当更为完美。

六、祝《书评书目》五周年

苏文忠公《李氏山房藏书记》有这样一段：“予犹及见老儒先生自言其少时欲求《史记》《汉书》而不可得，幸而得之，皆手自书，日夜诵读，唯恐不及。近岁，市人转相摹刻诸子百家之书，日夜传万纸，学者之于书，多且易致如此，其文词学术当倍蓰于昔人。而后生科举之士皆束书不观，游谈无根。”在刻版、活字、石印、影印之术未发明之前，书是辗转抄写的，得来不易，所以一书在手，没有束之高阁的道理。如今读书比较起来太容易了，许多图书馆是公开的，不少古书珍籍都有了翻印本，外文书的影印与翻译也渐成时尚，而且还有像《书评书目》这样的定期刊物专为读书人服务。在这样的情形之下，如果不知读书，或有书不读，宁非是亏负自己？

历来劝人读书的箴言很多。孟子曰：“天下之善士，斯友天下之善士，以友天下之善士为未足，又尚论古之人。颂其诗，读其书，不知其人，可乎？是以论其世也，是尚友也。”读书就是尚友古人；读书可以打通时间空间的隔阂，直接与古人游，人生乐趣孰有逾于此者？

黄山谷说：“人不读书，则尘俗生其间，照镜则面目可憎，对人则语言无味。”这话好像有一点玄，其实不然。人不读书，则何所事事？尘俗顿生是可以想象得到的。脸上没有书卷气，一定可憎。满脑子的名缰利锁世网尘劳，他的谈吐如何能够有味？

宋真宗《劝学文》：“富家不用买良田，书中自有千钟粟；安居不用架高堂，书中自有黄金屋；娶妻莫愁无良媒，书中有女颜如玉；出门莫愁无人随，书中车马多如簇。”这不是说以书为敲门砖，因读书而青云直上享受荣华；这只是说读书自有乐趣，无关功利。

英国文学作品中直写读书乐而给我印象最深的，一是幼时英文课堂上所用的读本之一——罗斯金的演讲录《芝麻与茉莉》，刊于一八六五年。第一篇讲演告诉我们读什么，怎样读。最令我不能忘的是其中关于弥尔顿《黎西达斯》最精彩的一段之阐释。“瞎嘴”一语好生硬，经罗斯金一解释，无视于自己的职责谓之瞎，只知道吃东西的谓之嘴，可见古人落笔之有分寸，何等浓缩有致！另一篇作品是湖畔诗人之一的罗伯特·骚塞所作的一首小诗，题目是《我一生是和死人一起过的》，粗译其大意如下：

我一生是和死人一起过的；
我举目四顾，
无论眼光落在哪里，
全是古代的伟大人物；
他们是我的知交好友，
我和他们日日聊天叙旧。

我和他们一起享福，
苦恼来时他们为我分忧；
我得到他们多少好处，
我自明白在我心头。
我的感激的泪，
常湿润了我的腮。

我心神想的全是死人，我和他们
好多年来生活在一起，
我爱他们的长处，憎他们的缺点，
分享他们的希望与恐惧。
我以谦逊的心
从他们寻求教训。

我的希望寄托在死人，不久
我也将和他们在一处，
我将和他们一起走，
走上所有未来的路；
在人间会留下一点名，
永不磨朽在尘世中。

这首诗作于一八一八年，所谓死人指图书言，与我们所谓尚友古人之说如出一辙。书，不应限于古人，今人之书也尽有可观者。“非三代两汉之书不敢观”那时代早已过去了，不过也有人相信阿诺德的“试金石学说”，没经过五十年时间淘汰的书总觉得不太可靠。书评与书目不失为一个好办法，近于培根所谓的“由人代读”之说。

七、读《历史研究》

翻译之事甚难。所译之书有艰深者，有浅显者，其译事之难易相差不可以道里计。

翻译，和创作一样，没有一套固定的方法可资遵循。够资格的译者运用其文字之技巧，曲达原作之意义，如是而已。

翻译不待宣传鼓吹，只要有人肯埋头苦干，就行。

陈晓林先生最近一声不响地译了两部大书，一部是斯宾格勒著《西方的没落》，一部是汤因比著《历史研究》，两部书都是现代史学巨著。没有充分的知识、热心、毅力，是不可能有此成绩的。

《西方的没落》一书成于一九一四年，出版于一九一八年，正是第一次世界大战的时期。大战方过，创痛巨深，尤其是欧洲经此浩劫，疮痍满目，识者皆谓西方文化根本出了问题。我记得梁任公先生在战后游欧归来，著《欧游心影录》，在序言里就提到了斯宾格勒这一本书。我当时年纪尚轻，对于这样的大事不敢妄议，不过私心以为战争之事何代无之，一部人类史不就是一部相斫书？而且一番破坏，说不定以后还会另有一副新的面貌。至于西方的没落，并不等于东方的崛起，那是更浅而易见之事。可是《西方的没落》一书，直到陈先生的中译本出来我才得一读为快。读了之后，我的幼稚的成见依然未改。

汤因比对于斯宾格勒的见解并不满意，他说："斯宾格勒虽然提出了文化诞生、茁壮、衰老与死亡的理论，却并没有为他那文化生命的四幕神秘剧提出详细的解释……我觉得斯宾格勒是颇不光彩的教条主义与定命主义的。据他的看法，文明以固定不变的一致性与固定不变的时间表兴起、发展、没落，以至崩溃，他对任何一项都没有提出解释。"于是《历史研究》这部大书便是他对历史演化过程的解释。解释尽管解释，对斯宾格勒的文化生命四幕神秘剧的看法，他依然是默认了的。这一个看法并不算错。任何事物都有兴有衰，有起有伏。犹之乎我们说"天下分久必合，合久必分"，乃是放诸四海而皆准的道理。犹之乎我们预测天气变化时说："阴久必晴，晴久必阴"，也是永远立于不败的推理。历史哲学的研究者，大概无不想从文化演变之中寻求一个合情合理的模式，鉴往知来，从而揣想以后发展的趋势。历史哲学的书不容易逃出宿命论的范畴。

历史上的剧变，以及一种文化的兴亡，其原因千头万绪。有时候偶然的事件也许能引起严重的后果。十七世纪的哲学家巴斯加说："如果克利奥帕特拉的鼻梁短一些，整个地球的面貌都会变得不同。"（《玄想集》第八章第二十九节）这不是无聊的笑话。杜牧诗："东风不与周郎便，铜雀春深锁二乔。"这也不是轻佻的讽刺。所以要找出一套文化兴亡的公式，实在困难。"汤因比不承认有什么'放之四海而皆准，俟诸百世而不惑'的模式，他说：'当历史展开了它的进程时，它是不会停下来的。'于是，在分析与综合之间，在归纳与演绎之间，在实证与灵悟之间，在考古学家的新发现与精神史家的新著作之间，汤因比一再修正与充实他的模式。”（译者序中语）汤因比既不承认有放之四海而皆准俟诸百世而不惑的模式，可是他又旁搜幽讨各大文明的资料来修正并充实他的模式，可见他还是有他的模式。凡是钻研历史哲学的，没有不追求某一种模式的。

国家兴亡与文化盛衰，其中道理如有轨迹可寻，大概不外是天灾人祸。所谓人祸，实际上是少数的领导人物所造成的。领导人物如果是明智的、强毅的、仁慈的，如果环境许可时机成熟，他便可以做出一番辉煌的事业，一人有庆，兆民赖之。如果他是思想偏颇而又残暴自私的人物，他就会因利乘便以图一逞，结果是庐舍为墟，生灵涂炭。在文化上，有人苦心孤诣地推动发扬，也有人倒行逆施信奉蒙昧主义。像这种事迹，汤因比举出的例证太多了，普及于三十七种文明。但是他独具慧眼，特别强调领导人物的品质之重要。大多数的人民是“日出而作日入而息”的那一类型，他们对于文化的支持是不可否认的，可是他们不能和那“创造的少数”相提并论，他们是沉默的、被驱使的，无论是守成还是破坏都是被动的。关于这一点，卡莱尔的英雄崇拜之说似是一套颠扑不破的理论。英雄造时势，时势造英雄，毕竟英雄难得。英雄在何时何地出现，事前谁也不知道。

汤因比对于中国文化有相当的认识与欣赏，他到过大陆，也到过台湾。中国文化是一个庞大的整合体制，有韧性，有吸收能力，所以他说：“只要这一体制能够承续不绝，则即使中国文明中，其他要素的连续性，遇到最强烈的破坏，而呈碎裂状态，中国文明仍然可以赓续下去。”我们没有理由为了这一看法而沾沾自喜。我们的文化已有悠长历史，当然我们更希望其继续发扬，不过中国文化的体制是否能承续不绝，现在似乎是在考验之中。其中若干要素，在遭受西方文化冲击之下，是否仍能屹立不动，亦有待于事实的证明。汤因比的《历史研究》应该能激起我们对中国文化前途的关心。

图书在版编目（CIP）数据

人生值得 / 梁实秋著 . -- 北京 : 现代出版社，
2021.1

ISBN 978-7-5143-8807-7

Ⅰ. ①人… Ⅱ. ①梁… Ⅲ. ①随笔—作品集—中国—
现代 Ⅳ. ①I266.1

中国版本图书馆 CIP 数据核字 (2020) 第 173187 号

人生值得

作　　者：梁实秋
策　　划：王传丽
责任编辑：张　瑾
出版发行：现代出版社
通信地址：北京市安定门外安华里 504 号
邮政编码：100011
电　　话：010-64267325　64245264（传真）
网　　址：www.1980xd.com
电子邮箱：xiandai@vip.sina.com
印　　刷：三河市宏盛印务有限公司
开　　本：880mm × 1230mm　1/32
印　　张：9
字　　数：185 千字
版　　次：2021 年 1 月第 1 版　　印　　次：2021 年 1 月第 1 次印刷
书　　号：ISBN 978-7-5143-8807-7
定　　价：45.00 元